青少年成长智慧书

谷 旭 编

吉林人民出版社

图书在版编目（CIP）数据

青少年成长智慧书 / 谷旭编. — 长春：吉林人民出版社, 2010.7（2021.3重印）

（青少年求知文库）

ISBN 978-7-206-06894-2

Ⅰ.①青… Ⅱ.①谷… Ⅲ.①散文–作品集–世界 Ⅳ.①I16

中国版本图书馆CIP数据核字(2010)第120605号

青少年成长智慧书

编　　者：谷　旭

责任编辑：赵梁爽

吉林人民出版社出版（长春市人民大街 7548 号　邮政编码：130022）

印　刷：三河市燕春印务有限公司

开　本：700mm×970mm　　1/16

印　张：13　　　　字数：110 千字

标准书号：ISBN 978-7-206-06894-2

版　次：2010 年 7 月第 1 版　　印　次：2021 年 3 月第 2 次印刷

定　价：39.00 元

目　录

一双短袜

◎ （美国）威·莱·菲尔普斯

一个明朗的下午，我走在第五大街上，忽然想起得买双短袜。至于为什么我只想买一双，那是无关紧要的。我看到第一家袜店，就走了进去，一个年纪不到17岁的少年店员向我迎来，“您要什么，先生?”“我想买双短袜。”他的眼睛闪着光芒，话语里含着激情。“您是否知道您来到的是世上最好的袜店?”这我倒没有意识到，因为我是偶然走进这家商店的。“请跟我来，”那少年欣喜若狂地说。我随他来到店堂后部，少年从一个个货架上拖下一只只盒子，把里面的袜子展现在我的面前，让我赏鉴。

“等等，小伙子，我只要买一双!”“这我知道，”他说，“不过，我想让您看看这些袜子有多美，多漂亮，真是好看极了!”他脸上洋溢着庄严和神圣的狂喜，像是在向我启示他所信奉的宗教的玄理。我对他的兴趣远远超过了对袜子的兴趣。

我诧异地望着他。“我的朋友，”我说，“如果你能一直这样热情，如果这热情不只是因为你感到新奇，或因为得到了一个新的工作——如果你能天天如此，把这种热心和激情保持下去，不到10年，你会成为全美国的短袜大王。”

我对这少年做买卖的自豪感和喜悦的心情觉得惊异，读者对此应当不难理解。因为在许多商店，顾客得静候店员的招呼。当某位店员终于屈尊注意到你，他那种模样会使你感到是在打扰他。他不是沉浸在沉思中，恼恨别人打断他的思路，就是在同一个女店员嬉笑聊天，叫你感到不该打断如此亲昵的谈话，反要向他道歉似的。

无论对你，或是对他领了工资专门来出售的货物，他都毫无兴趣。然而就是这么个冷漠无情的店员，可能当初也是怀着希望和热情开始他的职业的。年复一年枯燥乏味的苦差使他无法忍受，新奇感也被磨掉了，只在工作之余，他才能找到一点欢乐。他成了一个傀儡，变得无能，他看到那些工作热情比他高的年轻店员晋了级，超过了他，他感到愠怒。他已走到最后一站，他不再有用了。

各行各业都有许许多多人在生活的道路上走下坡路，意志消沉。我见得太多了，于是得出一个结论：机械地干工作必然导致失败。一些学院和学校里面的教师，几乎比他们最迟钝的学生还要呆板，他们也进行教学活动，但就像一台台电话机一般，他们没有一点人情味。

行动中创造

◎ （法国）罗曼·罗兰

生存何足道！要生活，就必须行动。你在何处，我在向你呼吁，箭手！生命之弓在你脚下横着。俯下身来，拣起我吧！把箭搭在我的弓弦上，射吧！我的箭如飘忽的羽翼，嗖地飞去了，那箭手把手挪回来，搁在肩头，注视着向远方消失的飞矢。而渐渐地，已经射过的弓弦由震颤归于凝止。

神秘的发泄！谁能解释呢？一切生命的意义就在于此——在于创造的刺激。

万物都期待着在这刺激的状态中生活。我常观察我们那些小同胞，那些兽类与植物奇异的睡眠——那些禁锢在茎衣中的树木、做梦的反刍动物、梦游的马、终身懵懵懂懂的生物。我在他们身上感到一种不自觉的智慧，其中不无一些悒郁的微光，显出思想快形成了：

“究竟什么时候才行动呢?”

微光隐没。他们又入睡了，疲倦而听天由命。

“还没到时候呐。”

我们必须等待。

我们一直等待着，我们这些人类。时候毕竟到了。

可是对于某些人，创造的使者只站在门口。对于另一些人，他却进去了。他用脚碰碰他们：

“醒来！前进！”我们一跃而起。咱们走！

我创造，所以我生存。生命的第一个行动是创造的行动，一个新生的男孩子刚从母亲子宫里冒出来，一切都是种子，身体和心灵均如此。每一种思想是一颗植物种子的包壳，传播着输送生命的花粉。造物主是一个劳作了六天而在安息日休憩的有组织的工人。安息日就是主日，那伟大的创造日。造物主不知道还有什么别的日子。如果他停止创造，即使是一刹那，他也会死去。因为“空虚”会张开两颚等着他……颚骨，吞下吧，别作声！巨大的播种者散布着种子，仿佛流泻的阳光，而每一颗洒下来的渺小种子就像另一个太阳。倾泻吧！未来的收获，无论肉体或精神的！精神或肉体，反正都是同样的生命源泉。“我的不朽的女儿，刘克屈拉和曼蒂尼亚……”我产生的思想和行动，作为我身体的果实……永远把血肉赋予文字……这是我的葡萄汁，正如收获葡萄的工人在大桶中用脚踩出的一样。

因此，我一直创造着。

自我介绍

◘ （黎巴嫩）纪伯伦

人的一生，最妙不可言的就是：灵魂仍然翱翔在流连忘返的地方。我就是这样一个忽视时间与距离，仍然记住这些地方的人。哪怕是一个小小的梦幻，我也不会让它随白云飘向远方。正是对于昔日的怀念，唤起了我的永恒记忆。但是，假如让我在悲伤和欢乐之间作一抉择，我不愿用我自己的心灵的悲伤去换取全世界的欢乐。

让我用帷幕挡住过去，讲一讲我目前及今后的事情给你听吧。我知道，你喜欢听一个你所喜欢的男孩说的事情。听着，我给你讲述纪伯伦故事的第一章：我体质很差，却很健康，因为我从来不去想它，也没时间想它。我喜欢抽烟，也喜欢喝咖啡。如果你现在来看我，一进房门，你就会发现我隐身在浓浓的烟雾里，烟雾里混合着亚满尼特咖啡的香味。

我嗜工作如命，绝不能容忍不干活让时间白白流逝，哪怕是一秒钟。一旦我发现自己变得迟钝或者懒于思考，那日子真比奎宁还苦涩，比狼牙还锋利。我将自己的生命融入写作和绘画之中，我在这两种艺术中享受到的乐趣超乎一切娱乐之上。我感觉得出来，体内情感的火焰想籍墨水和钢笔表达出来。但我不能确信，阿拉伯世界是否还会像三年前一样友好地对待我。我之所以这样说，是因为已经有敌意的迹象显示出来。叙利亚人称我为异教徒，埃及的文人墨客拼命诋毁我："他是公正法律的敌人，家庭纽带的对手，传统的叛逆。"他们讲得都不错。我不喜欢人为的法律，又蔑视我们祖先留下的传统。仇恨源自那神圣而崇高的仁慈的爱，这种仁慈是尘世一切法律的源泉，因为仁慈是上帝在人身上的影子。我知道，我赖于写作的原则是世界上大多数人心灵的呼声，因为精神的独立倾向之于生活，就像我们的心灵之于肉体，是独立的……我这些说法是会被阿拉伯世界接受呢，抑或像影子一样渐渐隐去，最后消失？

纪伯伦能使人们的眼睛从脑袋和荆棘转向光明和真理吗？或是纪伯伦像其他庸人一样从这个世界走向天国，而不留下任何表明他存在过的东西呢？我不得而知。可我觉得心灵深处有一股强大的力量在躁动，一直想迸发出来，并且总有一天它会在上帝的帮助下迸发的。

每一天的决战

◎（日本）池田大作

人生如梦，而生命是永恒的。转瞬即逝的生命比所有的财宝都珍贵。将如此宝贵短促的生命无所事事地轻抛是可耻的。

对人类来说，没有比为使命而活着更可贵的了，同时也没有比不知为何生存更空虚的了。彷徨的人只不过在别人眼中是自由的，对不得不彷徨于路的人来说，他没有了生存的根基，打发着一个个充满不安和内心空虚的苦恼日子。没有使命感的人生犹如彷徨的人生。即使在今世看来比较理想的人生观，若站在上一级宇宙的高度来考察，就会产生疑问：这是正确的人生观吗？这就成为一个极其艰深的问题。必有一个宇宙至高的，或者说代表生命本源的法则，所谓命运，不就是人们从法则那儿得到的报应吗？人类生命中有一个像最大公约数一样的共同基础。那是生命的支柱，在这个基础之上，人们的才能、天分

得到发挥。若失去了做一个人最本质的基础，再杰出的才能也会枯竭，甚至会耗尽生存的力量，不得不走向衰亡。人类生命中这种必备因素是与生俱来的，熟知人的本质基础之后，才能去寻找可充分发挥个性的合适场所。

“既然是人就要竭尽全力生存。”把这一条当做焦点来观察一个人，就会发现，外表的不同都是枝节。去掉这些枝节，只会剩下赤裸裸的人类生命的胴体。要判断他的人生价值，这是唯一的基准。人生就是建设，一旦建设停止，人生就失败了。

对自己眼下能做的事必须点燃起你的热情。对眼下能做的事情不付出全力的人，是没有资格谈未来的。首先得稳稳地站住脚跟，才能进行下一个大飞跃。

想想看，一天只有 24 小时，利用交通工具，跑得再快，也不能改变这一点。这样说来，不管在哪里，不管怎样做，只有自己的“存在”才是确实的。怎样充实这个自我呢？这就看你怎样充实每一天。甚至是否能使自己的人生丰富多彩，是否能在社会上拥有主动权，关键也在于每一天的充实。有利的环境本身是单调的，如果你设法利用这些有利因素，使自己的人生变得充实起来，这种脑力劳动本身就是丰富多彩的。

人们每一天都在决战，昨天的成功，并不能保证今天的胜利，昨天的挫折不一定就导致今天的失败。每一瞬间的实干才是重要的。所有的实干加在一起，它的本质就是你的机会和才能，这才是你一生的总决算。

成功的代价

(英国)罗 素

几乎所有的美国人都会选择利润率 8%的风险投资，而不要 4%的安全投资。结果是，金钱不断地丧失，人们为之担忧烦恼不已。就我来说，我希望从金钱中得到安逸快活的闲暇时光。但是典型的现代人，他们希望得到的则是更多的用来炫耀自己的金钱，以便胜过同自己地位一样的人们。美国的社会等级是不确定的，且处于不断的变化中，因而所有的势利意识，较之那些社会等级固定的地方，更显得波动不已。而且尽管金钱本身很难使人声名显赫。但要达到声名显赫。没有金钱也不行。再者，一个人挣钱多少已成了公认的衡量智商水平的尺度。大款一定是聪明人，反之。穷光蛋就肯定不怎么聪明。没有人愿意被看成傻瓜，于是，当市场处于不景气局面时，人就会像年轻时代在考场上一样惶惶不安。

我认为应该承认，破产所带来的真正的、非理性的恐惧感常常会进入商人的焦虑意识里。阿诺德·贝奈特笔下的克莱汉格，无论他变得多么富有，却总在担心自己会死在工场里。我毫不怀疑地相信，那些童年时饱受贫穷折磨的人，常常被一种担心自己的孩子遭受同样命运的恐惧所困扰；他们还常常产生这种想法，即很难积聚百万钱财来抵挡这一灾难。在创业者一代中，这种恐惧很可能是不可避免的，但对于从来不知一贫如洗为何物的人来说，却很可能没有什么影响。不管怎样，他们只是问题中一个较小的例外而已。

问题的根子在于，人们过分地强调竞争的成功，以至于将它当成幸福的主要源泉。我不否认，成功意识更容易使人热爱生活。比方说，一个在整个青年时期一直默默无闻的画家，一旦他的才华得到公认，他多半会变得快乐幸福起来。我也不否认，在一定意义上，金钱能大大地助于增进幸福。而一旦超出这种意义，事情就不一样了。总之，我坚信，成功只能是幸福的构成因素之一，如果不惜牺牲所有其他一切因素以得到它，那么这个代价实在是太昂贵了。

我的生活

(美国)亨利·门肯

我远比大多数人幸运，因为我从童年起就能靠工作谋得优裕的生活，我所做的恰恰就是我一直想做的事——要是不给我报酬，我照样会干，而且还很乐意。我相信像我这样幸运的人不会很多。千百万人不得不为了生活而从事他们不感兴趣的工作。至于我，除了也曾遭逢人生难免的不幸之外，一直过着非常愉快的生活。因为我在不幸中仍享受到自由行动所带来的巨大满足。总的说来，我所做的恰好是自己想做的事，我对自己所做的事可能会对别人产生什么影响不感兴趣。我写文章、出书并不是为了取悦于人，而是为了自己的满足，正如一头母牛产奶不是为了使牛奶商获利而是为了自己的满足一样。我希望自己的大部分思想是健全的，但我其实并不在乎。世人可以对它任意取舍，反正我在构思它时已经得到了乐趣。

我认为，获取幸福的手段除满意的工作以外，就要数赫胥黎所谓的家庭感情了，那是指与家人、朋友的日常交往。我的家庭曾遭受过重大的痛苦，但从未发生过严重的争执，比没有经历过贫困。我和母亲及姐妹在一起感到十分幸福，我和妻子在一起也感到十分幸福。经常和我交往的人大多是我多年的老朋友。我和其中一些人已有 30 多年的交情了。我很少把结识不到 10 年的人视为知己。这些老朋友使我愉快。当工作完成时，我总是怀着永不消歇的渴望去找他们。我们有着共同的情趣，对世事的看法也颇为相似。他们中的大多数人都和我一样爱好音乐，在我的一生中，音乐比任何其他外界事物给我带来更多的欢愉。我对它的爱与日俱增。

至于宗教，我可以说是完全没有。我成年以后从未有过任何堪称宗教冲动的经历。我的父亲和祖父在我面前都是不可知论者，虽然我小时候也曾被送进主日学校，接触基督教神学，但他们从没有命令我信仰宗教。我父亲认为我应该学习宗教知识，但他显然从未想到过要我信教。他真是一位优秀的心理学家。

劳作的乐趣

◎ （美国）霍 桑

满山豆苗，穿土而出。或者一排早春的豌豆，新绿初着，远远望去，刚好是一条淡淡的绿线——天下没有比这更迷人的景致了。稍后几个星期，豆花怒放，蜜蜂飞来采蜜，天使般的小鸟，竟飞到我的玉液杯琼浆盏里来吸取它们的仙家饮食，我看了心里总是十分快乐。夏季黄瓜的黄花总吸引无数的蜜蜂，它们探身入内，乐而忘返，也使我非常高兴，虽然它们的蜂房在何处我并不知道，它们采得花露所酿成的蜜我也吃不到。我的菜园只是施舍，不求报偿，我看见蜜蜂一群一群地吸饱了花露随风飞去了，我很乐于布施，因为天下一定有人能吃到它们的蜜。人生的辛酸多矣，天下能多一点蜜糖，总是好事。我的生活也似乎因此甜蜜一点了。

讲起夏季南瓜，它们各种不同的美丽形体，实在值得一谈，它们长得如瓮如瓶，有深有浅，皮有一色无花的，也有起纹如瓦楞的，形体变化无穷，人的双手从来没有塑造过这样的东西，雕刻家到南瓜田去看一看，一定可以学到不少知识。我菜园里的100个南瓜，至少在我眼里看来，都值得用大理石如式雕刻，永久保存。假如上帝多给我些钱（不过我知道这是不可能的），我一定要定做一套碗碟，材料用金子，或者用顶细洁的瓷土，形状就模仿我亲手种植出来的藤上的南瓜。这种碗碟拿来装蔬菜，更有相得益彰之妙。

我在菜园里辛勤工作，不仅满足我严格的爱美之感而已。冬季南瓜虽然长了一根弯脖子，没有夏季南瓜好看，可是看它们从小而大的生长，也自有一种快慰之感：瓜初结时，仅是小团，花的残瓣还依附在外，曾几何时，成了圆圆的大个儿，头部还钻在叶子里不让人见，可是黄黄的大肚子挺了起来，迎接中午时分的太阳。我凝神注视，心里觉得，凭着我的力量居然做了件很有意义的工作：世界上因此增添了新的生命。别看南瓜那么蠢然无知，它们真有它们的生命，你的手可以摸得出来，你的心可以体会得到，你看见了心里就会觉得高兴。白菜也是这样——尤其是早熟的荷兰白菜，它的腰围大得可怕，最后常常连心脏都会炸裂的——我能够参与天地造物之功，栽培出这样大的白菜，心里不由会觉得自豪。可是最大的乐趣还是在最后：一盘一盘的蔬菜，热气腾腾地摆在桌上，我们就像希腊神话中的萨腾大神一样，把自已的孩子吃下肚中去了。

在乡下

◘ （德国）海德格尔

南黑森林一个开阔山谷的陡峭斜坡上，有一间滑雪小屋，海拔 1150 米。小屋仅 6 米宽，7 米长。低矮的屋顶覆盖着 3 个房间：厨房兼起居室、卧室和书房。整个狭长的谷底和对面同样陡峭的山坡上，疏疏落落地点缀着农舍，再往上是草地和牧场，一直延伸到林子，那里古老的杉树茂密参天。这一切之上，是夏日明净的天空。两只苍鹰在这片灿烂的晴空里盘旋，舒缓、自在。

这就是我“工作的世界”——由观察者（访客和夏季度假者）的眼光所见的情况。严格说来，我自己从来不“观察”这里的风景。我只是在季节变换之际，日夜体验它每一刻的幻化。群山无言的庄重、岩石原始的坚硬、杉树缓慢精心地生长、花朵怒放的草地绚丽又朴素的光彩，漫长的秋夜里山溪的奔涌，积雪的平坡肃穆的单一——所有这些风物变幻，都穿透日常存在，在这里突现出来，不是在“审美”的沉浸或人为勉强的移情发生的时候，而仅仅是在人自身的存在整个儿融入其中之际……

严冬的深夜里，暴风雪在小屋外肆虐，白雪覆盖了一切，有什么时刻比此时此景更适合哲学思考呢？这样的时候，所有的追问必然会变得更加单纯而富有实质性。这样的思想产生的成果只能是原始而骏利的。那种将思想诉诸语言的努力，则像高耸的杉树对抗猛烈的风暴一样。

这种哲学思索可不是隐士对尘世的逃遁，它类似农夫劳作的自然过程。当农家少年将沉重的雪橇拖上山坡，扶稳橇把，堆上高高的山毛榉，沿危险的斜坡运回坡下的家里；当牧人恍无所思，漫步缓行赶着他的牛群上山；当农夫在自己的棚屋里将数不清的盖屋顶用的木板整理就绪：这类情景和我的工作是一样的。思想深深扎根于生活，二者亲密无间。

城市里的人认为屈尊纡贵和农民做一番长谈就已经很不简单了。夜间工作之余，我和农民们一起烤火，或坐在“主人的角落”的桌边时，通常很少说话。大家在寂静中吸着烟斗。偶尔有人说起伐木工作快结束了，前夜有只貂钻进了鸡棚，有头母牛可能早晨会产下牛犊，某人的叔伯得了中风，或者天气很快要“转”了。我的工作就是这样扎根于黑森林，扎根于这里的人民几百年来生活的那种不可替代的大地的根基。

为何生活?

◎ （美国）亨利·梭罗

为什么我们应该生活得这样匆忙，这样浪费生命呢？我们下了决心，要在饥饿以前就饿死。人们时常说，及时缝一针，可以将来少缝九针，所以现在他们缝了 1000 针，只是为了明天少缝 9000 针。说到工作，任何结果也没有。我们患了跳舞病，连脑袋都无法保持静止。如果在寺院的钟楼下，我刚拉了几下绳子，使钟声发出火警的信号，钟声还没大响起来，在科德附近田园里的人，尽管早晨说了多少次他如何如何地忙，没有一个男人，或孩子，或女人，我敢说是会不放下工作而朝着这声音跑来的，主要不是要从火里救出财产，如果我们说老实话，更多的还是来看火烧的，因为已经烧着了，而且这火，要知道，不是我们放的；或者是来看这场火是怎么被救灭的，要是不费什么劲，也还可以帮忙救救火；就是这样，即使教堂着

了火也是这样。一个人吃了午饭，还只睡了半个小时的午觉，一醒来就抬起了头，问，“有什么新闻?”好像全人类在为他放哨。有人还下命令，每隔半小时唤醒他一次，并不为什么特别的原因；然后，为报答人家起见，他谈了谈他的梦。睡了一夜之后，新闻不可缺少，正如早饭一样重要。“请告诉我发生在这个星球之上的任何地方的任何人的新闻”，于是他一边喝咖啡，吃面包卷，一边读报纸，知道了这天早晨在瓦奇多河上，有一个人的眼睛被挖掉了。一点不在乎他自己就生活在这个世界的深不可测的大黑洞里，自己的眼睛里早就是没有瞳仁的了。

拿我来说，我觉得有没有邮局都无所谓。我想，只有很少的重要消息是需要邮递的。我一生之中，确切地说，至多只收到过一两封值得花费邮资的信——这是我几年前写过的一句话。通常，一便士邮资的制度，其目的是为一个人花一便士，你就可以得到他的思想了，但结果你得到的常常只是一个玩笑。我也敢说，我从来没有从报纸上读到什么值得纪念的新闻。如果我们读到某某人被抢了，或被谋杀或者死于非命了，或一幢房子烧了，或一艘船沉了，或一艘轮船炸了，或一条母牛在西部铁路上被撞死了，或一只疯狗死了，或冬天有了一大群蚱蜢——我们不用再读别的了。有这么一条新闻就够了。如果你掌握了原则，何必去关心那亿万的例证及其应用呢?对于一个哲学家，这些被称为新闻的，不过是瞎扯，编辑和读者就只不过是在喝茶的长舌妇。

努 力

◎ （印度）克利希那穆尔提

为什么会有实现自我的愿望呢？显然，一旦意识到生命没有内容，那么，要去实现、要成为某种东西的愿望就会出现。因为我什么都不是，因为我是不足的、空虚的，精神上是贫乏的，所以，我要为成为某种东西而奋斗；要为实现自我——或外在或内在地按照一种人、一种事物、一种观念——而奋斗。填补空虚就是我们生存的整个过程。因为意识到我们是空虚的，精神是贫乏的，所以我们或是为聚集外在的事物而奋斗，或是为培养精神的财富而奋斗。什么时候对内在的空洞有一种通过行为、通过期望、通过获得、通过成就、通过权力等手段的逃避，那么，什么时候就存在着努力。这就是我们的日常生活。我意识到我的不足，我精神上的贫乏，因而我为逃离它或填补它而奋斗。这种逃离、回避或试图去掩盖空洞必然需要奋斗、竞争和努力。

那么，一个人如果不做一种逃离的努力，会发生什么呢？一个人如果与孤独、空虚相伴，那么，在接受这种空虚的过程中，一个人将会发现一种具有创造力的状态——在这种状态中不存在任何要靠竞争、努力去做的事情的到来。只要我们试图回避内在的孤独、空虚，那么，就存在着努力，但是，一旦我们审视它、观察它，一旦我们毫不回避地接受自我，那么，我们将发现，一种生存状态——在它那里所有的竞争都停息——就会到来。这种生存状态就是创造，而这种创造并不是竞争的产物。

当对那个空虚的和内在不足的自我有两种认识时，当一个人与那种不足以及对那种不足的充分认识相伴为生时，具有创造力的现实、具有创造性的努力就会产生，而只有这种现实和努力才能带来幸福。因此，正如我们所知，行为其实就是反应，它是一种不间断地使自己成为某种东西的过程，而这一过程是对自我的否定和回避。但是，当意识到空虚而不做选择，不加谴责或不加辩护时，我认识自我的过程中就会有一种行为，而这种行为是有创造力的。如果你在行为中意识到你自己，那么，你将认识到这一点。在你行动的时候观察你自己，不仅能看到外在的东西，而且能看到你的思想和感情的活动。一旦你意识到这种活动，你就会看到一种思想过程，它也是感情和行为的过程，但它是基于一种要成为某种东西的观念上的过程。一旦有一种不安全感，这种要成为某种东西的观念就会出现，而当一个人意识到内在的空洞时，这种不安全感就会到来。

智　者

◎（英国）休　谟

智慧的殿堂立在磐石之上，它高出一切争端的怒火，隔绝所有世俗的怨气，雷声滚滚，在它脚下轰鸣，对于那些狠毒残暴的人间凶器，它高不可及。贤哲呼吸着清新的空气，怀着欣慰而怜悯的心情，俯视着芸芸众生：这些充满谬见的人们，正盲目地探寻着人生的真正道路，为了真正的幸运而追求着财富、地位、名誉或权力。贤哲看到，大多数人在他们盲目推崇的愿望面前陷入了失望；有些人悲叹于曾经一度占有了的他们意欲的对象被多忌的命运夺走；所有的人都在抱怨，即使他们的愿望得到满足或是他们骚乱的心灵的热望得到安慰，它们也终究不能给人带来幸福。

然而，这是不是说贤哲就总是保持着这种哲学的冷漠，满足于悲悼人类的苦难而从不使自己致力于解除他们的不幸呢？

这是不是说他就永远滥用这种严肃的智慧，以清高自命，自以为超脱于人类的灾祸，事实上却冷酷麻木而对人类与社会的利益漠不关心呢？不，他懂得，在这种阴郁的冷漠中，既没有真正的智慧，也没有真正的幸福。对社会深沉的爱强烈地吸引着他，他无法压下这种那么美好、那么自然、那么善良的倾向。甚至当他沉浸于泪水之中，悲叹于他的同胞、友人和国家的苦难，无力挽救而只能用同情给予慰藉之时，他仍然豁达大度，胸襟宽广，超乎这种纵情悲苦而镇定如常。这种人道的情感是那么动人，它们照亮了每一张愁苦的脸庞，就像那照射在阴云与密雨之上的红日给它们染上了自然界中最辉煌的色彩一样。

但是，并非只有在这里，社会美德才显示它们的精神。无论你把它们与什么相混合，它们都能占据上风。正像悲哀困苦压制不住，同样，肉体的欢乐也掩盖不了。无论恋爱的快乐是何等销魂，它也不能消除同情与仁爱的宽厚情感。它们最重要的感染力正是源于这种仁慈的感情。而当那些享乐单独出现，只能使那不幸的心灵深感困倦无聊。请看这位快活的浪荡子弟，他宣称除了美酒佳肴，瞧不起其他一切享受。如果我们将他与同伴分开，就像趁一颗火星尚未投向大火之前将它与火焰分开，那么，他的敏捷快活会顿时消失。虽然各种山珍海味环绕四周，但是他会讨厌这种华美的筵席，而宁愿去从事最抽象的研读与思辨，并感到更为可心适意。

错语者

◎ （英国）阿·克·本森

只有两种人是我所讨厌的，他们是：发表谬论和以自我为中心的人。少量的谬论倒没有什么，它们会引起小小的争论，起到刺激谈话的作用。但一大堆谬论就会令人讨厌了，它们变成一种包围心灵的篱笆，人们会感到十分失望，因为不知道他们到底在想些什么。谈话的魅力一半来自隐隐约约地窥探对方的思想，如果谈话的人老是在信口胡言，不断地说一些出乎意料的令人吃惊的话，这就让人讨厌了。在精彩的谈话当中，会突然出现一条林间小道，就像人们把木材从阿尔卑斯山的森林区运送到山谷去的林间小道，在那里，你可以看见一片狭长的绿色森林，上面洒满了闪烁的阳光，还有一个乌黑的山头。在最精彩的谈话中，人们可以突然发现一些高贵、可爱、庄严、朴素的东西。

另外一种十分令人讨厌的谈话是以自我为中心的人发表的谈话，他从不考虑他的听众，只是把心里想的全盘托出。这样的谈话，有时也可以从中听到一些有趣的故事。但像我所说的那样，精彩的谈话应该引起别人窥探对方心灵的兴趣，而不是被迫呆呆地看着它。我有一位朋友，更确切地说，一位老朋友，他说话时就像在心上打开一扇活动的天窗，你朝里边一看，只见黑黝黝地有些什么东西在流动着，也许是小河或下水道吧，它有时干净流畅，有时又像是堆满了垃圾和瓦砾，然而你却无从逃避，你得呆呆地站在那儿看着它，呼吸它发出的臭气，一直到他愿意把天窗关上为止。

许多诚挚、固执的人在谈话时都犯了错误，他们以为只要滔滔不绝地讲下去就能引人入胜。谈话也和许多别的东西一样，半成品比成品好。喜欢谈话的人应该注意避免冗长。我们知道，和一个决心要把一切都说得有头有尾、一清二楚、点滴不漏的人谈话，会让你多么失望！在他高谈阔论的时候，你的心里会涌现出许多问题、许多不同的意见和观点，它们统统被一连串的谈话的激流冲掉了。这样谈话的人都有自满情绪，认为他们的消息准确完整，他们的结论完全正确。不过一个人在形成和坚持一种强有力的看法时，也应该认识到它毕竟只是看法之一，对方大概也会有不少的话要说。

无言中

(法国)安德烈·莫洛亚

经常地，同样一个秘密和危险的念头同时在两个交谈者脑中闪现。两个人都明白对方也有同样思想，但两人均不说明。于是，不合时宜的念头好像乐曲渐近，远去，消逝，音乐家始终不见露面。世上有言明的沉默。

没有沉默的对话不会产生任何成果，孕育之时是必需的。

高一筹的女主人不会为沉默担忧。她不是要人们尽力避免它，而是欢迎沉默，使人们乐于接受它。

害怕表达爱情或嫉妒场面的女人要避免沉默的境况。精神可因此放松，时间长一点的停顿能不失和谐地改变气氛。

女人的被男人称做“闲扯篇”的东西，往往仅仅是出于腼腆、羞怯。

人们惧怕沉默，好像惧怕孤独。这种惧怕的根源，在于对这位先生或那位哲人使人们窥视到的生命之虚无的恐惧：

当她的客厅空下来时，她突然间窥见了死亡。（拉克雷泰尔）

舒曼曾与一女人泛舟漫游，两小时内一语未发，分手时对她说：“我们今天相互理解得多么好啊！”

一个年轻人可以在整个晚会上保持缄默而不致显得不当，只要他曾说出的一句话文采洋溢、细腻有致。

巴雷斯曾说：“在我自觉无力表现出才智隽永的晚会上，我就装作不厌其烦。”

爱情上的大胆果敢应付诸行动而不应停留在口头。动作比起语言较少使人惊恐，缄默可维护智力方面的纯洁。

当两个沉默的人在黑暗中同行了一段路程之后，突然，两人怀着同样的思想同时肩并肩走出黑暗，说出同样一句话，这是多么美妙的时刻啊！因此，强烈的节奏有时对听众来讲如同静静地奏出一个长长的休止符，而极度的快乐则来自于想像中乐曲的突然再起与乐队的同时出现。

目的地

◎ （美国）弗洛姆

人生的最大愉快就是充分发挥我们的能量，不是为了达到什么目的，而仅仅是为了活动本身。拿爱情作个例子。爱情是无目的的，尽管许多人会说：爱情肯定是有目的的！他们说，是爱情满足我们性的需求、结婚、生儿育女、过正常的生活。这就是爱情的目的。而这也是没有目的的爱情，只看重爱的行为本身的爱情近来为什么这样罕见的原因。在这一类爱情中，是存在而不是毁灭起着主要作用。它是人的自我表现，是人的能力的充分发挥。但在我们这样的文化中，在这样一种由成功、生产、消费等外在目的决定一切的文化中，我们很难看到这类爱情了。它消失得这样遥远，以致我们甚至不能想象它的存在。

谈话已经成为一种商品或一种战斗的方式。如果谈话战斗是在大批观众面前进行，那就形成了一种辩论比赛。参加者互相下毒手，都想将对手置于死地。有的人谈话仅仅是为了显示他是多么聪明、超群出众。还有的人是为了证明他自己又一次正确了。谈话确是他们证明自己正确的一种方式。他们进行谈话时决心不接受任何新思想。他们有自己的观点，每个人都知道对方将说些什么，他们所显示的是谁都不能动摇对方的立场。

真正的谈话不是战斗而是交流。谁是谁非的问题完全是无所谓的。甚至谈话者所说的话是否有深意和令人信服，也没有关系。有关系的是他们所说的话的真实性。让我给你举一个小例子来说明我的意思。假如我的两个精神分析学的同事一起走在回家的路上，其中一个说："我有点累。"另一个答道："我也是。"这种交谈听起来像是很平庸的交流。但实质上不一定平庸，因为这两个人做同样的工作，他们了解对方的累。他们是在进行真实的有人性的交流："我俩都累了，我们都让对方了解到我们是怎样的累。"这样的谈话要比两个知识分子用庄严的词句滔滔不绝地讨论关于某种最新理论的谈论更像是谈话。因为他们只是分别地进行独白，彼此完全不触及。

谈话的艺术和谈话的乐趣（开诚布公的和谐的谈话，通常采取语言的形式，但也能采取舞蹈的运动形式。）——这些将再度成为可能，但是只有在我们的文化发生了重大变化，即只有当我们自己从偏执狂中，从受目的支配的生活方式中解脱出来的时候。我们需要培养这样的态度，即把对人类潜力的充分认识和表现看作唯一值得追求的生活目标。

幽 默

◘ （奥地利）康罗·洛伦兹

有一种特殊敌人，如果说他值得我们爆笑式的攻击，那是绝对的谎言。世界上几乎再没有其他事比下述行为更令人鄙夷而且急于将它立即消灭：故意捏造一些理想目标，以便引诱人们的热情去实现阴谋者的目的。幽默是最佳的测谎计，它用朴实的察觉力，发现虚设理想的金玉外表和伪装热心的虚情假意。世界上再也没有比突然撕去虚伪假面具的事更令人忍俊不禁的了。当外表的浮夸突然被揭穿时，当充满傲气的气球突然被刺破而爆出大声回响时，我们可以因突然解除紧张状态而纵情大笑。但这种完全无法控制地把本能的运动模式释放出来的例子非常少。

负责任的道德不仅赞许幽默的效果，而且还替它找了强力的支持者。所谓讽刺，根据《简明牛津字典》的定义，是一种指责流行的恶行和愚蠢的诗文。其说服力在于它诉诸的方式，它使得因怀疑和诡辩而对任何正确的道德教诲充耳不闻的人能听到它的声音。换句话说，讽刺就是适于今日的教训。

假如幽默对于荒诞的理想而言，就像是理性道德的有力联盟，那么，它对于自我嘲讽就更是如此了。今天，我们无法容忍浮夸或伪善的人，因为我们希望每个有知识的人都有些许的自我嘲讽精神。的确，我们感到一个绝对严肃待己的人是不具人性的，这种感觉以坚实的根基为依据。这种被德国人称之为“动物的严肃性”的特色就是目前自大妄想者的特点，事实上，我怀疑那是原因之一。人类最好的定义该是：他是能反省的创造物，能在有关的宇宙环境中看清自己。骄傲是阻止我们见到真我的主要障碍。而自欺则是骄傲的忠实仆人，我坚信赋有足够幽默感的人较不会落到自我幻象的陷阱中，因为一旦掉进，他就禁不住会察觉出自己是一个多么浮夸的笨人。我相信假如我们对自己的幽默局面有真正敏锐的领悟力，那么这些敏锐的观念必定是最能够使我们诚实待己，而且是让我们实现理性道德的重要诱因。幽默与道德有令人惊异的相似之处：两者都阻止了逻辑上的不协调与一致。与理智作对不但不道德，而且很滑稽。因为那常成为极端的荒谬！“你不可以欺骗自己”应该是所有戒律中的第一条。你越能服从理性，你也就越能诚实待人。

穿衣打扮

◘ （德国）康　德

对自我的留意在要和人打交道的时候虽然是必要的，但在交往中却不应显露出来，因为那样会产生难堪（或窘迫），或者是装腔作势（矫揉造作）。与这两者相反的是洒脱大方：对于自己在举止得体方面、在衣着方面不会被别人指责的某种自信。

好的、端庄的、举止得体的衣着是一种引起别人敬重的外部假象。也是一种欲望的自我压抑。

衬托（对比）是把不相关的感官表象在同一概念之下加以引人注意的对置。沙漠之中的一块精耕细作的土地仅仅由于对比而衬托了它的表象，一间茅草盖顶的房子配上内部装饰考究的舒适房间，这都使人的观念活跃，感官由此加强。反之，穷困而盛气凌人，一位珠光宝气的盛装女士内衣却很脏，或者像从前某个波兰贵族那样，宴饮时挥霍无度，侍从成群，却穿着树皮鞋，这些都不是衬托。为不错的事物辅之以更能表现其美的因素，才称之为衬托。美的、质优的、款式新颖的服装是人的衬托。

新颖，甚至那种怪诞和内容诡秘的新颖，都使注意力变得活跃。因为这是一种收获，感性表象由此获得了加强。单调（诸感觉完全一模一样）最终使感觉松弛（对周围环境注意力的疲惫），而感官则被削弱。变化则使感官更新。例如一篇用同一腔调诵读的布道词。无论是大声喊叫的还是温言细语的，用千篇一律的声音来诵读，都会使全教区的人打起瞌睡来。工作加休息，城市生活加乡村生活，在交往中谈话加游戏，在独自消遣时一会读历史，一会读诗歌，搞哲学又搞数学，在不同社交场合穿着不同的服饰，这都使心灵得到加强。这是同一生命力在激动感觉的意识，不同的感觉器官在它们的活动中相互更替。生活单调无色彩，对懒惰的人来说，留下了空虚（疲惫），使人生没有味道。

衣服的颜色衬托得面部更好看，这是幻象，但脂粉却是欺骗。前者吸引人，后者则愚弄人。于是有这样的情况：人们几乎不能忍受在人或动物的雕像上画上自然的颜色，因为他们每一瞥都受骗，以为这些雕像是活的，常常就这样猝然撞入他们的眼帘。一般来说，所有人们称之为得体的东西都是形式，即仅仅是漂亮的外表。

衣服的用处

◎ （美国）亨利·梭罗

我们采购衣服，常常被爱好新奇的心理所引导，并且关心别人对它的意见，而不大考虑这些衣服的真实用处。让那些有工作做的人记着穿衣服的目标：第一是保持正常的体温，第二是在目前的社会中把赤身裸体遮盖；现在，他可以判断一下，有多少必需的重要工作可以完成，而不必在衣橱中增添什么衣服。国王和王后的每件衣服都只穿一次，虽然有御用裁缝专司其事，他们却不了解穿上合身衣服的愉快。他们不过是挂干净衣服的木架。而我们的衣服，却一天天地被我们同化了，印上了穿衣人的性格，直到我们舍不得把它们丢掉，要丢掉它们，正如抛弃我们的躯体那样，总不免感到恋恋不舍，要看病吃药做些补救，而且带着十分沉重的心情。

其实没有人穿了有补丁的衣服会在我的眼里降低身份。但

我很明白，一般人心里，为了衣服忧思真多，衣服要穿得入时，至少也要清洁，而且不能有补丁，至于自己有无健全的良心，从不在乎。其实，即使衣服破了不补，所暴露的最大缺点也不过是不考虑小洞会变成大洞。有时我用这样的方法来测验我的朋友们——谁肯把膝盖以上有补丁的，或者只是多了两条缝的衣服，穿到身上？大多数人都好像认为，如果他们这样做了，从此就毁了终身。宁可跛了一条腿进城，他们也不肯穿着破裤子去。一位绅士有腿伤，是很平常的事，这是有办法补救的；如果裤脚管破了，却无法补救；因为人们关心的并不是真正应该敬重的东西，只是那些受人尊敬的东西。我们认识的人很少，我们认识的衣服和裤子却颇多。你给稻草人穿上你最后一件衣服，你自己不穿衣服站在旁边，哪一个经过的人不马上就向稻草人致敬呢？那天，我经过一片玉米田，就在那头戴帽子、身穿上衣的木桩旁边，我认出了农田主人。他比我上一回看见他，只不过风吹雨打更显得憔悴了一些。我听说过，一条狗向所有穿了衣服到它主人的地方来的人吠叫，却很容易被一个裸体的窃贼制服，一声不响。这是一个多有趣的问题啊，如果没有了衣服，人们将能多大限度地保持他们的身份？如果没有了衣服，你能不能在任何一群文明人中间，肯定地指出哪个最尊贵？

饮　酒

◎ （德国）康　德

在酒宴上无节制地喝到神志不清，由于这种无节制而踉踉跄跄，至少是步履不稳或一味唠叨地走出来，这不但在与他一起聚会的朋友眼中，而且甚至从自尊方面来看都是男人的坏习气。但对这种失误也有许多温和的评价，比如说自我控制的界线是很容易被忽视和跨越的。

醉酒所产生的无所顾忌，甚至随之而来的不谨慎，是一种虚假的生命力加强的感觉。醉酒的人感受不到生命力的阻碍，而这种阻碍的制约力是与人的本性不可分割的（甚至健康也有赖于此）。他在他的软弱状态中自觉很愉快，因为他身上的自然本性实际上努力通过他各种能力的逐渐增长，使他的生命一步一步重新产生出来。妇女、教士和犹太人通常不喝酒，至少是小心地避免酒所带来的一切现象。因为他们在公民性上是软

弱的，而且不得不有所克制。这是由于他们的外在价值仅仅建立在别人对他们的贞洁、虔诚和原则性的信任之上。他们不得不谨慎，醉酒对他们来说是一种丑闻。

喝酒放松舌头，但它也打开心扉，它是一种道德性质即真诚的物质载体。克制和克制思想对于高尚的心灵是一种压抑的状态，而一个兴致勃勃地喝酒的人也很难忍受人家在酒宴上的过分拘谨，因为他觉得有观察者在专注于别人的缺点，却保持自身的矜持，这让人不自在。允许男人由于社交的复兴暂时稍稍超出清醒的界线之外，这是亲切感的条件。从前曾流行一种策略，那些北欧的宫廷派出很能喝酒的使节，自已喝不醉，却把别人灌醉，以便套对方的话或是说服对方，这是很狡猾的。

对长期处在酒精浸泡中的人来说，酒无疑是一种摧残生命力的毒品。这些人在陶醉中自娱自乐、逃离现实世界、处在盲目的幻想状态中，而酒对其肝胃等内脏器官也是一种伤害。长期大量饮酒的人，易出现神志不清，目光涣散，舌根发硬等不灵活的状态。在一个人的血管里奔流的体液之中，有一种新的液体混合进来了，这是对神经的新刺激，它不是更清楚地揭示出人的自然气质，而是带入了某种别的气质。因此，那些喝醉了的人，有的会陷入迷恋，有的会对别人自吹自擂，有的吵吵闹闹，有的表现得心地慈善，态度虔诚，甚至于默默发呆。但当他们醒过酒来时，或者当别人向他们提到昨日的醉话时，他们就会为那种奇怪情调或感官上的变态发笑。

绅　士

◘ （英国）理查德·斯蒂尔

一位绅士从乡下给我写过一封很有礼貌的信，谈了些激发我虚荣心的事——我必须使用武力才能压住这种虚荣。他向我诉苦说，我的讲述中的许多用语需要解释，并希望为了乡村读者的方便，应该使他们了解这些用语的本意是什么：比如绅士、漂亮人物、名人、献殷勤者、评论家、才子，以及许多花花世界里的称呼，这些人都具有哪几种性格。此外，还应该描述一下那种装腔作势的神态。现在我就从我们通常所谓的"绅士"或"有品行的人"谈起。

一般人以为爱幻想、乐天和种种快乐的性格，是形成这种人的特征的要素。但是，凡是合群的人都会观察到：良好教养的顶点与其说表现在不与人争，不如说表现在热心助人。所以，人个并无惊人之处的人——尽管他不是一个有趣的人——

往往比那种经常妙趣横生而有时又令你不快的人更容易赢得你的好感。因此，在有品行的人中，最必要的才能——我们通常希望一位优秀的绅士应该具有的才能——就是良好的判断力。具有这种良好判断力的人，可以算是他伙伴中的指挥者，纵使他未曾觉察这一点。而且，他的确也独具一种优势，有超越别人的能力，正如视力健全者的能力可能比盲人高几十倍。

正是因为有良好的判断力，使塞弗罗尼亚斯人缘极好。在城里的熟人中间，他是最有权威的一个。由于他才华横溢，在欢乐的人群中，他举止从容自如；但在办事人中间，他又显得技能娴熟、十分敏捷。正如有些人在生活中由于明辨是非而取得成功那样，他做成一切事情从不靠险诈，或者说不会显露出险诈。如果他想做好一件事情，他就坚定地、迅速地去完成，而不愿做的则坚决不干，还婉言劝别人也不要去干。他的判断如此老练而准确，还带着一种愉快的精神。他的言行，使人感觉像是一次宴会。他在宴会上以平等待人的态度尊敬别人，也让别人尊敬自己。总之，人人都相互敬重，因为，对一个有优越才能的人来说，懂得平等待人，是最伟大、最正直的品质。这种人人喜爱的品质，可以说充满了塞弗罗尼亚斯的全身。因此，连他的同伴都能因他博得女人的青睐，却不被别的男人妒忌。即使没有法律，塞弗罗尼亚斯仍同样公正；即使没有诽谤，他也会谨慎行事。

君　子

（英国）亨利·纽曼

真正的君子在与周围的关系上避免产生任何龃龉与冲突——诸如一切意见的冲撞、感情的纠结、一切拘束、猜忌、悒郁、愤懑等等。他最关心的是使人人心情舒畅、自由自在。他的心总是关注着全体人们：对于腼腆的，他便温柔些；对于隔膜的，他便和气些；对于荒唐的，他便宽容些；他对正在和自己谈话的人的脾气，能时刻不忘；他对那些不合时宜的事情或话题都能尽量留心，以防刺伤对方；另外在交谈时既不突出自己，也不令人厌烦。当他施惠于他人时，他尽量将这类事做得平淡，仿佛他自己是个受者而非施者。从不提起自己，除非万不得已；他绝不靠反唇相讥来维护自己；他把一切诽谤流言都不放在心上；他对一切有损于自己的人从不轻易怪罪，另外对各种行为言论也总是尽量善为解释。与人辩论时他丝毫也不鄙吝褊狭，既从不无理地强占上风，也不把个人意气与尖刻词句当成论据，或在不敢明言时恶毒暗示。

他目光远大、深思熟虑，每每以古人的格言作为自己的行动准则，即我们对待仇人，应以异日争取其做友人为目标。他深明大义，故不以受辱为意；他志行高洁，故不对毁谤置念；他尽有他事可做，故无暇对人怀抱敌意。他耐心隐忍、逆来顺受，而这样做又都以一定的哲理为根据；他甘愿吃苦，因为痛苦不可避免；他甘愿孤独，因为这事无可挽回；他甘愿死亡，因为这是他的必然命运。如果他与人涉入任何问题之争，他那训练有素的头脑总不致使他出现一些聪明但缺乏教养的人所常犯的那种冒失无礼的错误：这类人仿佛一把钝刀，只知乱砍一通，但却不中肯綮，他们往往把辩论的要点弄错，把气力虚抛在一些琐事上面，或者对自己的对手并不理解，因而把问题弄得更加复杂。至于君子的看法正确与否，倒似乎无关宏旨，但由于他的头脑极为清醒，所以能避免不公。在他身上，我们充分见到了气势、淳朴、斩截简练；在他身上，真挚、坦率、周到、宽容得到了最充分的体现；他对自己对手的心情最能体贴入微，对他的短处也能善加护卫。他对人类的理性不仅能识其长，而且能识其短，既知它的领域范围，又知它的不足。

集体性人物

◎ （德国）歌 德

事实上我们全都是些集体性人物，不管我们愿意把自己摆在什么地位。严格地说，我们自己所持有的东西是微乎其微的，就像我们个人是微乎其微的一样。我们全都要从前辈和同辈那里学习到一些东西。就连最伟大的天才，如果想单凭他所特有的内在自我去对付一切，他也决不会有多大成就。可是有许多本来很高明的人却不懂这个道理。他们醉心于独创性，在昏暗中摸索，虚度了半生光阴。我认识过一些艺术家，都自夸没有依傍什么名师，一切都要归功于自己的天才。这班人真蠢！好像世间竟有这种可能似的！好像他们不是在每走一步时都由世界推动着他们，而且尽管他们愚蠢，还是把他们造就成了这样或那样的人物！对，我敢说，这样的艺术家如果巡视这间房子的墙壁，浏览一下我在墙壁上挂的那些大画家的素描，

只要他真有一点天才，他离开这间房子时就必然已成了另一个人，一个较高明的人。

一般说来，我们身上有什么真正的好东西呢？无非是一种要把外界资源吸收进来，让它为自己的高尚目的服务的能力和志愿。我可以谈谈自己，尽量谦虚地把自己的体会说出来。在我漫长的一生中我确实做了很多工作，获得了让我自豪的成就。但是说句老实话，有什么真正要归功于我自己的呢？我只不过有一种能力和志愿，去看去听，去区分和选择，用自己的心智灌注生命于所见所闻，然后以适当的技巧将它再现出来，如此而已。我不应将我的作品全归功于自己的智慧，还应归功于向我提供素材的成千成万的事情和人物。我所接触的人之中有蠢人也有聪明人，有胸怀开朗的人也有心地狭隘的人，有儿童，有青年，也有成年人，他们都把他们的情感和思想、生活方式和工作方式以及所积累的经验告诉了我。我要做的事，不过是伸手去收割旁人替我播种的庄稼而已。

如果追问某人的某种成就是得力于他自己还是得力于旁人，他是全凭自己工作还是利用旁人工作，这实在是个愚蠢的问题。关键在于要有坚强的意志、卓越的能力以及坚持要达到目的的恒心，此外都是细节。

责任感

◎ （美国）弗洛姆

爱包含了关心，最明显的表现是母亲对孩子的爱。如果我们看到母亲对婴儿漠不关心，如果她忘记给婴儿喂奶、擦洗，如果她不给婴儿以身体上的温暖，那么她的爱决不会使我们相信是忠实的。如果她关心孩子，那么她给我们的印象是她爱孩子。甚至对飞禽走兽、花卉草木的爱又何尝不是这样？如果一个女人告诉我们她爱花，同时我们又发现她忘记给花浇水，那么我们不会相信她是“爱”花的。爱就是对我们所爱的对象的生命和成长主动的关心。哪里缺少主动的关心，哪里就没有爱。在《圣经》关于约拿的神话故事中就生动地描述了这种爱的因素。上帝告诉约拿到尼尼微都城去告诫那里的居民，如果他们不修善补过，他们会受到惩罚。约拿逃避他的使命，因为他害怕那里的人忏悔罪过，也害怕上帝赦免他们。约拿这个人有着很强烈的治安感。但是没

有半点爱。因为逃避使命，他使自己处于鱼腹中，这象征着缺乏爱和同情心给他带来的孤独相囚禁的状态。上帝救了约拿，于是约拿到尼尼微去了。他按照上帝的意旨告诫那里的居民修善补过，这正是约拿所害怕的事情，可是它们恰恰发生了：尼尼微人忏悔自己的罪孽、修善补过，上帝赦免了他们，并决定不毁灭尼尼微这座城市。约拿十分气愤，极度失望。他所希望的是对那里的居民公正地绳之以法，而不是对他们给予同情。后来，他来到树阴下歇脚，感到相当舒服，这是一棵上帝为约拿遮挡太阳而设的树。可是当上帝将这棵树弄得快枯死的时候，约拿感到灰心丧气，非常扫兴，向上帝抱怨不休。上帝回答说："你怜悯了葫芦，而你对它没有付出劳动，也没有使它茁壮成长。它在一个晚上萌芽，又在另一个晚上毁灭。尼尼微这座城市有 12 万人之多，他们连左右手都分不清，还有很多牲畜，难道我不应该赦免这座偌大的城市吗？"上帝对约拿的答复，应该从象征的角度来理解。上帝对约拿解释，爱的本质是要为某种东西付出"劳动"以及"使某种东西成长"。爱和劳动是分不开的，人往往爱那种他乐于为之付出劳动的东西，同时他乐于为他所爱的东西付出劳动。

关心和关怀暗示了爱的另一方面的因素，那就是责任感方面的因素。今天的责任感常常指的是职责、即外界强加于人的某种东西。然而，责任感，在它的本质意义上，是一种完全自愿的行动。它是我们对另一个人直接或间接的需要做出的反应。"负责"意味着能够或乐于"做出反应"。

细　芽

◎　（俄国）列夫·托尔斯泰

爱就是生命本身。但是这个生命不是没有理智的、充满痛苦的、必将死亡的生命，而是幸福无限的生命。我们所有的人早就知道这一点。爱不是理智的结论，不是某种活动的结果，而是生命的愉快活动本身，它就在我们身边，我们大家从可以回忆起来的童年开始就知道这一点，一直到世界上的虚伪学说搞乱了我们的心灵，夺去了我们体验它的可能性。

爱不是对能增加人的肉体的短暂幸福的东西的偏爱，例如对挑选出来的某些人和事物的爱，而是对人之外的幸福的追求，它在人抛弃了动物性躯体的幸福之后仍留在人的心间。

活着的人中间有谁没有体会过这种幸福的感情呢？至少总会有一次，尤其是在童年，当他的心灵还没有被虚伪搅混，生命还没有被虚伪淹没的时候，在这种情感中，人想去爱一切人：他的亲人、父亲、母亲、兄弟、凶恶的人、敌人，甚至狗、马、小草。人只有一个愿望——让所有人生活得好，让所有人幸福。而且他更想亲自去做，让所有人生活得好，而为了让所有人永远生活得幸福愉快，他愿献出自己、自己的生命。这就是爱，也只有这才是爱，人的生命就在于此。

这种包容着生命的爱，出现在人的心灵里，就像一株不显眼的嫩芽出现在与其相似的一大堆杂草的粗芽中一样，人们总是把各种性欲的杂草叫作爱。最初，人们自己会觉得这个细芽将来可能成为大树，树上将会落满小鸟，同所有别的芽苗完全一样。人们甚至还会更加偏爱那些长得快的杂草的芽苗，却让生命的唯一细芽枯死；然而更经常地发生的是更坏的情形：人们发现这一片芽苗之中有一棵真正的最有生命力的叫做爱的细芽，他们踩死它，开始培育另外的杂苗，并称杂苗为爱。还有比这更糟的：人们用粗鲁的手拔起这棵真正的细芽，高喊："噢，它在这儿！我们找到它了，我们现在知道它了，我们要使它长大。爱！爱！多么高尚的情感，瞧，它就在这里！"于是人们栽种它，改良它，占有它，揉搓它，以至于细芽还没有长到开花时就死掉了。于是有人说：所有这些都是胡扯、荒诞、都是无聊的感伤。爱的嫩芽，在刚刚出现时是细弱的，是经不起摸碰的，只有长起来的时候，它才强大无比。上面说的那些人所做的一切只能使它遭殃。爱的细芽所需要的只有一样，那就是不要挡住理智的阳光对它的照射，理智的阳光是唯一使它成长的东西。

兄弟之爱

（英国）劳伦斯

我像爱自己一样爱自己的邻居。然后怎么样呢？我扩大了，超越了自我，汇入了整个人类。在完美的人类整体中，我也成了整体，成了一个小宇宙，成了大宇宙的缩影。这儿，我指的是人的完美性。人可以在爱中获得完美，成为爱的产物。然后，人类将是一个爱的整体。对那些像爱自己一样爱邻居的人来说，这无疑是一个完美的未来。

可悲的是，无论我在多大程度上是个小宇宙、兄弟般爱的典范，却总有一种分离成宝石般独立自我的需求，渴望从万物中分离出来，像狮子一样骄傲，像星星一般独立。由于得不到满足，这种渴求就越发灼热，以致占据了整颗心。

接下去，我就会憎恨现在的我，憎恨我所变成的小宇宙，这人类社会的缩影。我越是坚持怀有兄弟般爱心的现有的我，就越憎恨自己。不过，我还会继续向往整个可爱的人类，直到追求独立的、未满足的激情驱使我采取行动。尔后，我会像恨自己一样恨自己的邻居。再接下去，悲剧就会降临到我和邻居身上！上帝在要击毁什么之前总是先让他发疯。因此，我们会失去理智，违背我们坚持的自我，下意识地采取行动，而同时又保持这可憎的自我。我们变得茫然，不知如何是好。我们打着兄弟爱的旗号，匆匆地闯入了盲目的兄弟恨。自由、平等、博爱，这是兄弟爱的结束。但如果我不能从博爱和平等中解脱出来，自由又从何谈起？我想要自由，就必须获得解脱，真正做到独立和不平等。博爱与平等是专制中的专制。

这世上应该有兄弟般的爱——这人类的整体，但同时也应该有完全分离出来的个性，如狮子和雄鹰一般独立不羁的个体。应该是两者兼而有之。生命的历程就在这两重性里。人必须步调一致地行动，创造世界——这是最大的幸福；但人也必须单独行动，不受旁人的影响，单独而骄傲地行动，自己对后果负责。这两种运动是相对的，却不是互相否定的。人都有理解力，只要我们理解了，就能在这两种运动中很好地得到平衡，既是单独的个体，又是与大众协调的人类一分子。这样的话，完美的玫瑰就会超越我们。这世上的玫瑰还从未开放过。一旦我们理解了对方，根据肉体和精神的需求，自由自在、无忧无虑地从两个方向开始生活的历程，这玫瑰就必定会常开不败。

爱的使命

◎ （俄国）列夫·托尔斯泰

那种被称做关于幸福的学说，即真理的学说向人们揭示：代替人们为动物性肉体目的所追求的虚假幸福，人们可以不是在某时某地，而是在现在就能获得永久的幸福，它是人们不可剥夺的、现实的幸福，是他们能达到的幸福。

这种幸福不是推理的产物，不是要在某地寻找的东西，不是在某时某地才具有实现希望的幸福。它是人们最熟知的幸福，是每一个没有腐化的灵魂都在向往着的幸福。

所有人，从童年时代就知道，在动物性躯体的幸福之外，还有一种最好的生命的幸福，它完全不依靠动物性躯体的肉欲满足，恰恰相反，它越是远离动物性躯体的幸福，它就越强大。

这种感情，这种解决了人类生命所有矛盾的、并给人以最大幸福的感情，是人人都知道的。这种感情就是爱。

生命是服从于理智规律的动物性躯体的活动，理智就是动物性躯体为了自己的幸福所应当服从的规律，而爱是人类唯一有价值的理性活动。

动物性躯体向往幸福，理性向它指出动物性躯体幸福的欺骗性，并指出另一条幸福道路，在这条路上的活动就是爱。

动物性躯体渴望着幸福，而理性意识告诫人们所有相互争斗着的生存物所陷入的深深痛苦，告诫人们，人的动物性躯体的幸福不可能存在，告诫人们所能实现的应是这样的唯一幸福，其中不存在任何同别的存在物的斗争。既不能中断这种幸福，也不会对它感到厌倦，这种幸福决无死亡的预兆和恐惧。

人们在自己的心灵中找到的这种感情，它正是打开这把大锁的唯一钥匙，它给予人真正的幸福，即人的理性向人揭示出来的、唯一可能实现的幸福。这种感情不仅解决了从前生命的矛盾，而且它似乎正是在这种矛盾中找到了展现自己的可能性。

动物性躯体为了自己的目的而想利用人，而爱的感情却引导他为了别人的利益献出自己的生命。

动物性躯体深深痛苦着，而爱的活动正是把减轻这种痛苦作为自己的目标。动物性的躯体渴望着幸福，其实它的每一下呼吸都在奔向最大的恶——死亡，它一出现，所有躯体的幸福就会毁灭。而爱的感情不仅会消除这种恐惧，还使人们向往着为了别人的幸福而最终牺牲自己的肉体生命。

怒　气

（英国）培　根

斯多葛派哲学主张人应该彻底杜绝发怒，但这是不可能的，我们只要注意：生气就生气，但不要因一次激怒制造一次罪行。更不必因怒气而闷闷终日。对怒气必须从程度和时间两方面加以节制，我们来讨论三个问题：

一、怎样克制易被激怒的天性；

二、怎样避免因发怒而造成不可收拾的恶果；

三、用什么办法可以使人发怒和息怒。

关于第一点，最好的办法就是在将要动怒时，冷静地想想可能招来的后果。塞涅卡说：怒气犹如重物，将破碎于它所坠落之处。《圣经》则教导我们：忍耐能使灵魂宁静。无论是谁，假如丧失忍耐，就将丧失灵魂。人决不可像蜜蜂那样，“把整个生命拼在对敌手的一蜇中”。

易怒是一种卑贱的素质，受它摆布的往往是生活中的弱者，如儿童、女人、老人、病人。所以人们应该注意，当你被激怒时，应努力在愤怒的同时给予蔑视，而不可在愤怒的同时掺杂以恐惧。这可以使你在精神上保持自制力和对对手的优势。这并不难办到，只要有自信心就可以。

关于第二点，三种情况下的人容易发怒：第一是过于敏感的人。他们的神经太脆弱，一点小事就足以刺激他们；其次是认为自己受到轻蔑的人。被人轻蔑会激起怒气，其效果胜于其他伤害；最后是那种认为自己名誉受到损害的人，也最易被激怒。为了防止这种情况，最好能如高德瓦所说，“人的荣誉之网应当用粗绳索来编制”。人在受伤害后最好的制怒之术是等待时机，克制忍耐，把复仇的希望保留到将来。人在发怒时千万要谨慎两点：第一不可恶语伤人，这不同于一般的对世情发牢骚，而会植下怨毒之根；第二不可因发怒而轻泄隐秘，这会使人无法再受到信任。总之，无论在情绪上怎样激愤，在行动上千万不能做出无可挽回的事来。

至于激人发怒之术，与息怒之术相同，关键在于把握时机。人在急躁或心情不好时最易激怒。这时可以把所有能令他不快的事都加之于他。而若要平息一个人的怒火，第一在谈一件可能使他激动的事时要选择一个好的机会和场合，第二要设法解除他因受轻蔑而感到被侮辱的感情，可以将这种伤害解释为并非蓄意，而是由于误会、激动或其他什么偶然的原因。

感 性

◎ （法国）卢 梭

经过细心培养的青年人易于感受的第一种情感，不是爱情而是友谊。他日益成长的想像力首先使他想到他有一些同类，人类对他的影响早于性对他的影响。所以，将蒙昧无知的时期加以延长，还可以获得另外一个好处，那就是：利用日益成长的感性在这个青年人的心中投下博爱的种子。正是由于在他一生中，只有这个时候对他的关心教育才能取得真正的成效，所以这个好处的意义更为重大。

我往往发现，很早就开始堕落、沉湎于酒色的青年是很残酷不仁的：性情的暴烈使他们变得很急躁、爱报复和容易发脾气；他们不顾一切，只图达到他们想象的目的；他们不懂得慈悲和怜悯；他们为了片刻的快乐就能牺牲他们的父亲、母亲和整个世界。反之，一个在天真质朴的生活中成长起来的青年，由于自然

的作用是必然会养成敦厚和重感情的性情的：他热诚的心一见到人的痛苦就深为感动；他见到伙伴的时候会高兴得发抖，他的双臂能温柔地拥抱别人，他的眼睛能流出同情的泪；当他发现他使别人不愉快了，他就觉得羞愧；当他发现他冒犯别人了，他就觉得歉然：如果火热的血使他急躁不安和发起怒来，隔一会儿以后，你就可以从他那深深惭愧的表情中看出他天性的善良；他见到自己伤害了别人就哭泣和战栗，他愿意用自己的血去赔偿他使别人流的血；当他觉察到他犯了过失，他所有的怒气就会消失，他所有的骄傲就会变为谦卑。如果别人冒犯了他，在他盛怒的时候，只要向他道个歉，只要向他说一句话，就可以消除他的怒气；他既能真心实意地弥补他自己的过失，也能真心实意地原谅他人的过失。青春时期，不应该是对人怀抱仇恨而应该是对人十分仁慈和慷慨的时期。是的，我是这样说的，我不怕将我的话付诸经验的考验，一个在 20 岁以前一直保持着天真的善良人家的孩子，在青春时期的确是人类当中最慷慨和最善良的人，他既最爱别人，也最值得别人爱。我深深相信，还从来没有人向你说过这样的话，你们那些在学院的腐败环境中教育出来的哲学家，是不愿意知道这一点的。人之所以合群，是由于他的身体柔弱，我们之所以热爱人类，是由于我们有共同的苦难。如果我们不是人，我们对人类就没有任何责任了。对人的依赖，就是力量不足的表征：如果每一个人都不需要别人的帮助，我们就根本不想同别人联合了。所以从我们的弱点中反而产生了微小的幸福。

嫉　妒

◎　（英国）罗　素

不必要的谦虚与嫉妒有着相当大的关系。谦虚往往被认为是一种美德，但是在我看来，我很怀疑，谦虚在其更为极端的形式上是否仍值得如此看待。谦虚的人需要一连串的安抚保证，而且常常不敢去尝试他们本来有能力完成的任务。谦虚的人相信自己比不上身边的人。因此他们容易产生嫉妒心，并由嫉妒心导致不幸和敌意。就我来说，我认为，抚养一个孩子，让他知道自己是个好孩子非常重要。我不相信哪一只孔雀会去嫉妒另一只孔雀的羽尾，因为每一只孔雀都认为自己的羽尾是世界上最美丽的。结果是，孔雀成了和平温顺的鸟类。试想一下，如果一只孔雀被告知，对自己评价很高是一种邪恶的行为，那它会变得多么不幸啊！每当它看见别的孔雀开屏时，它就会自言自语：“我可不能去想我的羽尾比它的更漂亮，因为这样想是骄傲自满。但是，唉！我多么希望自己更漂亮些！那只丑鸟太自以为漂亮了！我扯下它几把羽毛怎样？这样我就不用再害怕与它相比了。”或许它会设个陷阱，去证明那只孔雀行为不端、邪恶可恨。于是它会在头领会议上谴责那只孔雀。渐渐地它会立下这样一条规定：凡是羽尾特别漂亮的孔雀总是邪恶的，孔雀王国中那位聪明过人的统治者就会选出那只仅有几根秃羽的孔雀当头领。在这一规定被接受后，它会处死所有美丽的孔雀，到最后，真正光彩夺目的尾羽将会变成只在朦胧的记忆里才存在的东西。这就是嫉妒假冒道德获得的胜利。但是当每只孔雀都认为自己比其他同类更漂亮时，就没有这种压抑的必要了。每只雄孔雀都想在这一竞争中赢得第一名，并且由于它们尊重自己的雌性伴侣，所以都会认为自己能够取得了这样的好成绩。当然，嫉妒是与竞争紧紧联系在一起的。我们对自己认为毫无希望达到的幸运是不会嫉妒的。在那个社会等级森严固定的时代，最下等的阶层是不会嫉妒上等阶层的，因为贫富之间的界限被认为是由上帝指定的。乞丐不会嫉妒百万富翁，即使他们会嫉妒那些比自己成功的乞丐。现代世界中社会地位的变动不定，以及各式各样的平等学说，极大地拓展了嫉妒的范围。这是一种邪恶，但是为了达到更为公正的社会制度，我们必须忍受这种邪恶。当对不平等进行理性思考时，除非它们是基于一种应得价值的高度，否则就会被视为不公正。一旦这种不平等被视为不公正，除了把它消除，对由此引起的嫉妒是没有其他解决办法的。

为健康而忧虑

◎ （日本）池田大作

我年轻时最喜欢的名言中有柏格森的一句话，所谓健康，是指“对行动抱有热情，在灵活地适应环境的同时，具有准确的判断力、不屈的精神和最正确的认识”。

这句话的确体现了这位“生命哲学家”的思想，他触及活生生的生命。我曾多次拜会并与之交谈的泽泻久敬博士也说过：“所谓健康，并非只是早晨醒来不觉得身体异常而能马上起床，或感到精神十分清爽，而是醒来后对当天的工作立刻涌出不可抑制的热情。这种心态才是真正的健康。”在这简单明了的一席话中，画龙点睛地指出健康的要素。

然而，现实似乎与这种健康观相差甚远。人们常阅读保健书籍、选购天然食品、服用中药，以至热衷于减肥和跑步，这些都足以说明人们对健康的关注。但反过来说，这也正反映了人们对健康的无限忧虑和保持健康的愿望。“健康热”这一新名词概括了上述现象，也许它是未经深思熟虑的行为，但在这些现象背后，确实潜藏着现代人的一个急切愿望。即竭力保持健康，拥有富有价值的人生，力图战胜癌症、循环系统的疾病和疑难病症。当前，许多问题摆在人们面前，即由于平时精神过分紧张而造成的身心疲劳；对各种现代病应采取何种对策；随着平均寿命的增长，又提出如何才能度过“充实、健康的老年”等问题。今天，要想真正健康地活下去，已显得日益艰难。因而可以说，建立正确的健康观，正是当前极其重要的一大课题。

有人认为，“健康”是指所谓“身体的健康”、“心理的健康”和“社会的健康”。而这三者又是紧密相连的。

诚然，身心的健康十分可贵，但人生是无法逃避疾病和苦难的。在某种意义上可以说，“健康”和“疾病”两者浑然一体，这正是“生命”的实相吧。就是健康的人，到一定的年龄也会多少染上些疾病，有时也会略感身体不适。但也有许多人，即便被病魔缠身，也能完成伟大的事业。相反，也有人尽管非常健康，却碌碌无为地虚度一生。

旺盛的生命力，犹如奔腾不息的江水，在人生和社会中，不断形成人们每天的活动。人们可从中窥视到正确的“健康观”，它与“全体”、“完成”的意义相通。在这种意义上，是否也可以说，每个人的生活目的和态度，都将受到“为健康而忧虑的时代”的严峻考验呢？

生命的春天

◘ （英国）塞缪尔·约翰逊

每个人对自己的现状都会很不满足，多少总要驰骋幻想去询问未来的幸福，而且，会凭借解脱眼前困惑他的烦恼，凭借他获得的利益，去把握时间以谋求改善现状。

当这种常常要用最大的忍耐盼来的时刻最后到来时，幸福却往往并不降临，于是，我们又以新的希望自我安慰，又用同样的热望企盼未来。

如果这种心情占了上风，人们就会把希望寄托在他难以企及的事物上，也许就真会碰上运气，因为他们不是仓促从事。并且，为了使幸福更加完善，他们还会注意采取必要的措施，等待幸福时刻的到来。

我很久前就认识了一位有这种性情的人，他沉迷于幸福的梦想中，这给他带来的损害要比妄想通常产生的损害少得多，同时，他还会常常调整方案，显示他的希望之花常开不败，也许不少人都想知道他是用什么方法得到如此廉价而永恒的满足。其实他只是将困难移到下一个春天，他得到了这种暂时的满足。如果他的健康可以得到补偿，那么春天就能补偿；如果因价格昂贵而买不起他所需要的东西，那么，在春天，这种东西就会跌价。

事实上，春天悄然来到却往往并无人们所想象的那种效益，但人们常常这样肯定：可能下次会顺利些，不到仲夏很难说眼前的春意就令人失望；不到春意了无踪迹的时候，人们总是经常谈论春天的降临，而当它一旦飘离之后，人们却还觉得春天仍在人间。

同这样的人长谈，在思索这个快乐的季节时，也许会感到极大的愉快。我满意地发现有很多人也被同样的热情所感染(这样比拟是无愧的)。因为，难道有优秀的诗人面对那些花瓣，那阵阵柔风，那青春的颤音而不显露他们的喜爱？即使最丰富的想象也难以包容那金色季节的静穆与欢欣，而又会有永恒的春天作为对永不腐朽的清白的最高奖赏。

的确，在世界一年一度的更新过程中，有一种不可言传的喜悦展现出无数大自然的奇珍异宝。冬天的僵冷与黑暗以及我们眼见的各种物体所裸露出来的奇形怪状，会使我们向往下一个季节，既是为了躲避阴冷的冬天，也是因为喜欢晴朗的春天。

人的过错

◎ （法国）卢 梭

人啊，把你的生活限制在你的能力之内，就不会再痛苦了。紧紧地占据着大自然在万物的秩序中给你安排的位置，没有任何力量能够使你脱离那个位置，不要反抗那严格的必然的法则，不要为了反抗这个法则而耗尽了你的体力，因为上天所赋予你的能力，不是用来扩充或延长你的存在，而只是用来让你按照它喜欢的样子和它所许可的范围生活。你天生的能力有多大，就能享受多大的自由和权力，不要超过这个限度，其他一切全都是奴役、幻想和虚名。当权力要依靠舆论的时候，其本身就带有奴隶性，因为你要以你用偏见来统治的那些人的偏见为转移。为了按照你的心意去支配他们，你就必须按照他们的心意办事。他们只要改变一下想法，你就不能不改变你的做法……

只有自己实现自己意志的人，才不需要借用他人之手实现自

己的意志。由此可见，在所有的财富中，最为可贵的不是权威而是自由。真正自由的人，只想他能够得到的东西，只做他喜欢做的事情。我们之所以这样可怜和邪恶，正是由于滥用了我们的才能。精神上的痛苦无可争辩地是我们自己造成的，而身体上的痛苦，要不是因为我们的邪恶使我们感到这种痛苦的话，是算不得一回事的。大自然之所以使我们感觉到我们的需要，难道不是为了保持我们的生存吗？身体上的痛苦难道不是机器出了毛病的信号，叫我们更加小心吗？死亡……坏人不是在毒害他们自己的生命和我们的生命吗？谁愿意始终这样生活呢？死亡就是解除我们所做的罪恶的良药；大自然不希望我们一直遭受痛苦。在蒙昧和朴实无知的状态中生活的人，所遇到的痛苦是多么少啊！他们几乎没有患过什么病，没有起过什么欲念，他们既预料不到也意识不到他们的死亡。当他们意识到死的时候，他们的痛苦将使他们希望死去，这时候，在他们看来死亡就不是一件痛苦的事情了。如果我们满足于现在这个样子，我们对命运就没有什么可抱怨的。为了寻求一种空想的幸福，我们却遭遇了千百种真正的灾难。谁要是遇到一点点痛苦就不能忍受，他就一定会遭到更大的痛苦。

我认为万物是有一个毫不紊乱的秩序的，普遍的灾祸只有在秩序混乱的时候才能发生。个别的灾祸只存在于遭遇这种恶事的人的感觉里，但人之所以有这种感觉，不是由大自然赐予的，而是人自己造成的。任何人，只要他不常常想到痛苦，不瞻前顾后，他就不会感觉到什么痛苦。

笑　声

(英国) 伍尔芙

存在着一些超越于语言之上，而不是屈居于语言之下的东西，笑声就是其中之一。因为笑声虽然是含糊不清的，但却是没有任何动物能够发出的声音。如果躺在炉前地毯上的狗痛苦地呻吟着，或者快活地吠叫着，我们能辨识出它们的含义，其中也无奇怪之处，可倘若这条狗想要笑呢？倘若在你进入房间时，它没有用舌头或尾巴表示见到你时那合法的快乐，而是迸出银铃似的笑声——咧嘴而笑，摇晃着它的双肋，显示出所有表达特别欢快的通常符号。你的感觉肯定是畏缩与恐惧，仿佛是从兽嘴里听出了人声。同样我们也无法想象比我们处于更高发展阶段上的生物的笑。笑声好像是而且只是属于男人和女人。笑声是我们内心的喜剧精神的表露，喜剧精神关注的是与公认的模式不同的奇异事物、怪僻行为以及越轨之处。它在那突然自发的笑声——我们几乎不知道它为何而来，也不知道它何时会来——中做出了自己的评注。

我们如果花时间去思考——去分析喜剧精神据以栖身的土壤，我们无疑会发现，表面上是喜剧性的东西内在则是悲剧性的。当微笑徜徉在我们唇边时，泪水已在我们的眼眶内盈盈欲溢。这——此语是班扬之言——已被人们看作是幽默的定义。但喜剧的笑声却没有眼泪的重负。与此同时，虽然它的职责与真正的幽默相比只相对微小一些，可也不能过高地估计这笑声在生活中和艺术中的价值。幽默具有其高度，最出色的心灵独自就能攀爬上峰顶极巅，在那儿犹如看全景照片似的俯瞰生活。但是喜剧却漫步在公路上，思考反省着那些琐碎和偶然的东西——所有那些在路边经过的可予原谅的过错和怪痴。笑声比别的更能保持我们的均衡感。它始终在提醒我们，我们都是凡夫俗子，没有人是完完全全的英雄或彻头彻尾的恶棍。一旦我们忘记了笑，我们看待事物就失去了分寸，也就丧失了现实感。幸运的是狗不会笑，因为如果它们会笑，它们就会意识到作为狗的可怕局限。男人与女人在文明阶梯上的高度刚好是以被放心地赋予了解自身弱点的能力，以及被授予嘲笑人的天赋。不过我们也有危险，有着丧失这珍贵特权的危险，或许是大量粗糙而笨重的知识将它从我们胸中榨压出去的危险。

真假单纯

◎ （法国）弗朗索瓦·费奈隆

单纯是灵魂中一种正直无私的品质。与真诚比起来，单纯显得更高尚、更纯洁。许多人真挚诚恳，但却不单纯。他们怕遭人误解，唯恐自己的形象受到损害。他们时时关注自己，反躬自省，处处斟辞酌句、谨慎小心。待人接物他们总担心过头，又怕有所不足。这些人真心诚恳，却不单纯。他们难以同人坦然相处，别人对他们也小心拘谨。他们的弱点在于不坦率、不随意、不自然。而我们更宁愿同那些谈不上多么正直多么完美，但却没有虚情矫饰的人结交相处。这几乎已成为世人的一条准则，上帝似乎也以此为标准对人做出判断。上帝不希望我们如对镜整容一般，用太多的心思审视自身。

但是，只是注意他人而放弃自省也是一种盲目状态。处于这种状态的人只全神贯注于眼前事物以及个人的感官感受，这正是单纯的反面。下面是两类正好相反的事例：其一是无论效力于同类还是上帝，都全身心地忘我投入；另一类是自以为含蓄聪颖，自我意识强烈，而一旦他得意自满的情绪受到外界干扰，就会魂不守舍，心烦意乱。因此，这是虚假的聪明，乍一看冠冕堂皇，实际上与单纯追求享乐的行为同样愚蠢。前者目光短浅，只陶醉于眼前的事物；后者却过分看重自身，陶醉于内心的占有。这两者都充满虚妄。相比起来，只注重内心的冥思独想比全神贯注于眼前事物更为有害，因为它貌似聪明实则愚蠢，而且，它常诱人误入歧途，自以为是，引一孔之见为至上光荣。它使我们受不自然情绪的支配，让我们陷入一种盲目的狂热，自认为体魄强健，实际已病入膏肓。

单纯需要适度，我们自处其中既不过度激动，也不过分沉静。我们的灵魂不会因为过于注重外界事物而无暇做必要的内心自省，也不会时时注重自我，使一心维护个人形象的戒备之心扩张膨胀。要是我们的灵魂能挣脱羁绊，直视伸展的道路，不将宝贵的时间浪费在权衡研究脚下的步伐上，或者对已逝的岁月频频回头，那我们就拥有了真正的单纯。

软弱的人类

◎（法国）卢梭

人越是接近他的自然状态，他的能力和欲望的差别就越小，因此，他达到幸福的路程就没有那样遥远。只有在他似乎是一无所有的时候，他的痛苦才最为轻微，因为，痛苦的成因不在于缺乏什么东西，而在于对哪些东西感到需要。

真实的世界是有界限的，想象的世界则没有止境。我们既然不能扩大一个世界，就必须限制另一个世界，因为，正是由于它们之间的唯一的差别，才产生了使我们感到极为烦恼的种种痛苦。除了体力、健康和良知以外，人生的幸福是随着各人的看法不同而不同的。除了身体的痛苦和良心的责备以外，我们的一切痛苦都是想象的。人们也许会说，这个原理是人所共知的。我同意这种说法。不过，这个原理的实际运用就不一样了，而这里所谈的，完全是运用问题。

我们说人是柔弱的，这是什么意思呢？“柔弱”这个词指的是一种关系，指我们用它来表达的生存关系。凡是体力超过其需要的，即使是一只昆虫，也是很强的，凡是需要超过其体力的，即使是一头大象、一只狮子，或者是一个战胜者、一个英雄、一个神，也是很弱的。不了解自己的天性而任意蛮干的天使，比按照自己的天性和平安详地生活的快乐的凡人还弱。对自己现在的力量感到满足的人，就是强者。如果想超出人的力量行事，你就会变得很柔弱。因此，不要以为扩大了你的官能，就可以增进你的体力。如果你的欲望大过了你的能力，反而会使你的能力减少。我们要量一量我们的活动范围，我们要像蜘蛛呆在网的中央似的呆在那个范围的中央，这样，我们就始终能满足自己的需要，就不会抱怨我们的柔弱，因为我们根本没有柔弱的感觉。

一切动物都只有保存它自己所必需的能力，惟独人的能力才有多余的。可是，正因为他有多余的能力，才使他遭遇了种种不幸，这岂非一件怪事？在各个地方，人的双手生产的物资都超过他自己的需要。如果他相当贤明，不计较是不是有余，那他就会始终觉得他的需要被满足了，因为他根本不想有太多的东西。法沃兰说：“巨大的需要来自于巨大的财富，而且，一个人如果想获得他所缺少的东西，最好的办法还是把他已有的东西舍弃。”正是由于我们力图增加我们的幸福，才使我们的幸福变成了痛苦。如果一个人只要能够生活就感到满足，他就会生活得很愉快，从而也会生活得很善良，因为，做坏事对他有什么好处呢？

空虚的世界

◎（美国）弗洛姆

现代人同自己疏远开来，同他的同伴们或同事们疏远开来，同自然界疏远开来。他变成了一种商品，他将自己当作一种投资来体验生命的活力，而在目前的市场条件下，这种投资必须给他带来可以获得的最高利润。人的关系，实质上，是疏远了的或异化了的机械般动作的人的关系。每个人的安全感，是以成群地聚集在一起为基础的。每个人在思想上、情感上和行动上并没有什么两样。虽然每个人尽可能地努力同其余的人紧密结合在一起，但是每个人还是极度地空虚和寂寞，每个人充满了强烈的不安全感、焦虑感和罪恶感。如果人的空虚和寂寞不能被克服，它们就总是会导致不安全感、焦虑感和罪恶感的产生。

我们的文明世界，提供了多种帮助人在意识中意识不到这种空虚、寂寞的镇静剂：首先，企业化与机构部门化的机械工作，其严格的规程，促使人意识不到他自己具有人的最根本欲望，意识不到超越自身和结合的强烈要求。由于唯一的规程，在这个方向不能够成功。因此，人通过娱乐的过程化，通过娱乐工业提供的声音和风景被动地消遣，以摆脱潜意识里的绝望。除此之外，人，为了克服孤独感和空虚感，还往往通过购买时髦的东西，很快地更新换旧，从中获得满足。现代人，实际上，很接近于赫胥黎在《勇敢新世界》中所描述的形象：身体肥胖、衣着漂亮、情欲放荡。然而，没有自我，除了与同伴们或同事们肤浅的接触之外，没有任何东西。并且，还受那句曾被赫胥黎简洁地说出来的箴言的影响：“个人觉察到，万众齐欢跳。”或者说：“今朝有酒今朝醉，明日无来明日忧。”或者最雅致的说法是：“现在每一个人都幸福。”今天，人的幸福寓于“获取乐趣”之中，获取乐趣，就在于从商品的消费和“购买”中得到满足，从风景、食物、酒精、香烟、人群、课堂、书籍和电影中得到满足——所有这些都被兼收并蓄、吞咽入肚。世界对我们的欲望来说，是一个偌大的客体，是一个巨大的苹果，是一只巨大的酒瓶，是一个硕大的乳房。我们是吃喝者、吮吸者，是永远充满希冀、带有期望的人——也是永远失望、欲壑难填的人。我们的性格适合于交换、接受、买卖和消费。任何东西，不论是精神方面的，还是物质方面的，都成了交换和消费的对象。

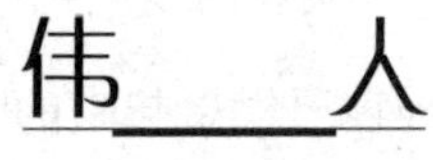

伟　人

◎　（英国）卡莱尔

我们知道；每个时代都要大声疾呼，召唤自己的伟大人物，但召唤并不等于发现！没有伟人，没有上天所派遣的伟人，时代再声嘶力竭地召唤，也势必要陷入混乱和崩溃，原因就在于伟人没有应声而至。

请想一想，只要能发现一个伟大人物，一个既聪明又乐于助人的人，他的才智使他可以认识到时代的需要，他的胆识使他能够将时代引导到正路上去，这样，一个时代就不会崩溃。这样的人是所有时代的救星。在那些江河日下的时代，由于无信仰、贫困和茫然不知所措，由于颓废的怀疑的种种特点和使人困恼的境况，那些时代每况愈下，直至最后土崩瓦解，这一切就像是一堆干柴，在等待着上天的火种将它点燃。伟大人物就是火种，他直接从神那里获得巨大的力量。他的话就像是灵丹妙药，是人人都乐于信赖的。他一旦点燃那堆干柴，那干柴就会围绕着他熊熊燃烧，发出像他一样的火焰。可有人竟认为，是那些干枯的树枝把他召唤来的。不错，它们的确非常需要他，因而才召唤他！——可有些评论家却大吵大嚷地说："看，难道不是那堆枯枝自己燃烧起来的吗？"我不能不说这些人太没有眼光了。对于一个自身微不足道的人来讲，没有什么比不信仰伟大人物更可悲的了。从某一代人来看，倘若普遍地无视那种精神上的火种，而相信那一大堆干柴，再也没有比这更可悲的了。这就是无信仰的最终归宿。我们应该知道，在世界历史的各个时期中，伟大人物历来都是他们那个时代必不可少的救星，他们是火种，没有他们，柴堆永远也不会自行燃烧。我早就说过，世界历史只不过是伟人们的传记。

渺小的评论家们虽然竭力宣扬无神论和普遍的精神麻痹，但幸运的是，他们并非总能得逞。在任何时代总会有伟人产生，足见他们的理论是一派胡言。更值得指出的是，无论何时，人们只要还活着，就不会让他们把自己心中对伟人的奇特的崇拜之情根除掉。无论在什么时期，他们都不能从人们的心灵中把崇敬伟大人物的那种说来奇怪的心理完全铲除干净，这种崇敬是真正的敬佩、忠诚和仰慕之情，虽然其表现可能是朦胧的、反常的。

苦　难

◎ （法国）卢　梭

当我受到来自四面八方的无穷无尽的侮慢和羞辱时，间或出现的担忧和疑虑曾不时毁灭我的希望，搅得我不得安宁。这时，我未能反驳的那些有力论点，更加强烈地萦回脑际，试图在我最倒霉的时刻，一个人处于绝望边缘的时刻将我压垮。我还时不时地听到一些新的议论，和那些使我备受折磨的议论一起，浮现在我的脑海。

“哦！”这时我总是无限伤感地自忖道，“倘若我在这可怕的命运中，从理性给予我的安慰中看到的只是虚无缥缈之物，我的理性就这样毁掉自己的作品，摧毁自己留给自己的希冀与信赖的支柱，那么，还有谁能够使我免于绝望呢？在这世上唯有那能将我安抚的幻想，又有何用处呢？当今这一代人认为在我的学说中，舍谬误和偏见无它，而在与我对立的体系中，真

理与实情却俯拾皆是。他们甚至不相信我真心实意地采纳这个学说，我自己在悉心致力于它的研究时，也曾在其间发现许多解决不了的难题。然而，它们并没有阻止我坚持这个学说。难道在芸芸众生中，唯我独智、唯我独醒么？只要合我的心意，我就能相信一切事物都是这样吗？那些在少数人看来很不可靠，甚至倘若我的感情与理智背道而驰，我自己也觉得是虚无缥缈的种种表现，我能抱以明了的信心吗？采用以子之矛、攻子之盾的方式来对付我的迫害者，岂不比恪守自己既定的戒律，一味忍受他们的中伤而不奋起反击更好吗？我自认为明智，其实不过是枉自犯了错误而成了受骗者、牺牲品。”

在那百思不得其解、郁郁不安的时刻里，有多少次我濒于绝望。如果我连续在这种状态中过上一个月，那么，我这一辈子就完了，我这个人也就完了。但是，这些从前来得十分频繁的危机，总是瞬息即逝，现在，我还未全部脱身出来，但它们是那样罕至和短促，根本不可能打搅我的安闲。那不过是轻微的忧虑，再不能损害我的心灵。就像滔滔江河中落入一根羽毛，不能改变它的流向一样。我觉得，重新审定一下我原来已经决定采用的论点，就如同对我提出了新的评判，或向我提出了我在探索时未能得到的对真理更为成熟、更为虔诚的认识。因为这些情况没有一个符合我的实际，所以无论凭哪种坚实的理由，我都不能弃绝我在壮年时期产生的感情，去适从那些在绝望的深渊里给我平添苦难的论点。

我

◎（英国）劳伦斯

我必须使我同我内心那可恶的毒蛇和平相处。我必须承认我最隐秘的羞怯和最隐秘的欲望。我必须说："羞怯，你就是我，我就是你。让我们互相理解并和平相处吧。"我会成为什么人，如果我必须超越我最终的或最坏的欲望，我的欲望就是我，它们是我的萌芽、我的茎、我的干、我的根。假称自己是一个天使简直是离题太远。我创造了我自己吗？我最大的欲望，就是我的成熟，我的兴旺。这永远超越我的意志，我只好学会默认。

我有伟大的创造欲，也有伟大的死亡欲。也许，这两者是完全相等的。也许秋天的衰败和春天的蓬勃完全是一码事。当然，两者是互为依存的，它们是物理世界的扩张和收缩。但是最初的力量是春天的力量，这显而易见。秋天的毁灭只能随着春天的繁荣而来。所以说，创造是初始的，是源泉，而衰败则是结果。然

而，它是不可避免的结果，就像水必定要向低处流一样。

我有创造欲和死亡欲。我能否认其中一个吗？如果那样，两者都实现不了。如果没有秋天和冬天的衰败，也就没有春天和夏天的繁盛。我必须始终从我旧的存在中解脱出来，麦子由于纯粹的创造活动被揉在一起，成了我吃下去的纯创造物——面包。来自麦子的创造之火进入我的血液。在纯粹的粮食中被揉在一起的东西现在分裂了，在我的血液里产生了火，而水汪汪的物质则通过我的肚子流入地下。我们的生命中存在着两种运动，难道有必要为其中一种运动羞怯吗？在我的血液中，火在我已经吃下的小麦面包中忽隐忽现，在更远更高的创造中闪烁，对我来说这是羞愧呢？还是骄傲？如果在我的血液中渗出一些苦涩的汗水，这怎么能说是羞耻呢？当我的意识中显出腐败之流的沉重的沼泽花时，又怎么能说是羞耻呢？那通过我的肠子缓缓向下流的腐物，自有它们的根扎在浊流中。在我的肚子里有一块自然的沼泽，蛇在那里自然得像呆在家里。难道它不会爬进我的意识？当它抬起那低垂的头，出现在我的视野中时，难道我应该用棍子将它杀死？我是应该杀死它呢还是挖去我那看见它的眼睛？无论如何，它将仍然在那沼泽内爬行。那么，就让活的腐败之蛇在我们体内堂而皇之地获得它的地位吧。来吧，有斑纹的可恶的大蛇，这儿有你自己的存在，你自己的正义，是的，还有你自己所向往的美。来吧，在我精神的太阳里优雅地躺下，在我内心的理解中安然地入睡，我能感觉出你的分量，并为之十分满意。

宁　静

◎（英国）罗　素

过度的兴奋不仅有害于健康，而且会使对各种快乐的欣赏能力变得脆弱，使得广泛的机体满足被兴奋所代替，智慧被机灵所代替，美感被惊诧所代替。我并不完全反对兴奋，一定的兴奋对身心是有益的，但是，同一切事物一样，问题出在数量上。数量太少会引起人强烈的渴望，数量太多则使人疲惫不堪。因此，要使生活变得幸福，一定的忍受力是必要的。这一点从小就应该告诉年轻人。

一切伟大的著作都有令人生厌的章节，一切伟人的生活都有无聊乏味的时候。试想一下，一个现代的美国出版商，面前摆着刚刚到手的《旧约全书》书稿。不难想象这时他会发表什么样的评论，比如说《创世纪》吧。“老天爷！先生”，他会这么说，“这一章太不够味儿了。面对那么一大串人名——而且几乎没作什么介绍——可别指望我们的读者会发生兴趣。我承认，你的故事开头不错，所以开始时我的印象还相当好，不过你也说得太多了。把篇幅好好地削一削，把要点留下来，把水分给我挤掉，再把手稿带来见我。”现代的出版商之所以这么说，是因为他知道现代的读者对繁复感到恐惧。对于孔子的《论语》，伊斯兰教的《古兰经》，马克思的《资本论》，以及所有那些被当作畅销书的圣贤之书，他都会持这种看法。不读圣贤之书，所有精彩的小说也都有令人乏味生厌的章节。要是一部小说从头至尾，每一页都扣人心弦，那它肯定不是一部伟大的作品。伟人的生平，除了某些光彩夺目的时刻以外，总有不那么绚丽夺目的时光。苏格拉底可以日复一日地享受着宴会的快乐，而当他喝下去的毒酒开始发作时，他也一定会从自己的高谈阔论中得到一定的满足。但是他的一生，大半时间还是默默无闻地和他的妻子克姗西比一起生活，或许只有在傍晚散步时，才会遇见几个朋友。据说在康德的一生中，从来没有到过柯尼斯堡以外10英里的地方。达尔文，在他周游世界以后，余生都在他自己家里度过。马克思，掀起了几次革命之后，则决定在不列颠博物馆里消磨掉他的余生。总之，可以发现，平静的生活是伟人的特征之一，他们的快乐，在旁观者看来，不是那种令人兴奋的快乐。没有坚持不懈的劳动，任何伟大的成就都是不可能的。这种劳动令人如此全神贯注，如此艰辛，以至于使人不再有精力去参加那些更紧张刺激的娱乐活动，除了加入假日里恢复体力消除疲劳的娱乐活动，如攀登阿尔卑斯山之外。

荒　谬

◘　（法国）加　缪

一个人给自己下定义时，一方面根据伪装，另一方面也得根据他真诚的冲动。因此感情上有把下层的钥匙，此心很难求得，但它会局部地从感情所含的行动，和它所采取的心理状态中泄露出来。我这么说很明显地是在界定一种方法。但同样明显地，这是一种分析方法，而不是一种知识方法。因为方法涉及形而上学，它经常会无意地提及自己宣称为未知数的结论。同样地，一本书的最后几页在开头前几页就已经包含了。这种联系是不可避免的。此处我所界定的方法，承认一切真实的知识都是不可能的。我们只能描述事物的外观，只能预测气候的趋向。

也许在迥异不同但却密切相关的知识世界里，生活的艺术世界或艺术世界本身里，我们能够克服荒谬那种难以捉摸的感觉。荒谬的气候是一个开头，其结局是荒谬的宇宙和那种心智状态，它以其真实色彩照亮了世界，进而引导出那具有特权，铁面无私的形貌。

一切伟大的行为或思想，开始都是荒谬的。伟大的作品，经常诞生于街角或餐馆的旋转门边，因此它是荒谬的。荒谬的世界诞生于卑微中，但由此衍生出它的崇高性。在某些情况下，如果人们问你在想什么，你回答“没什么”，这可能是一个托词。恋爱中人深知此理。但如果那是个真诚的答复，它象征着灵魂由奇异状态中的虚空变得充实，日常生活姿势的锁链断裂，人心徒然地追寻新的链环，那么这答复就成为荒谬的第一个信号。

碰巧这舞台坍塌了。起床、坐车、办公室或工厂 4 小时；吃饭、坐车、工作 4 小时；吃饭、睡觉，以及接踵而来的星期一、星期二、星期三、星期四、星期五和星期六，依照着同样的节拍——大部分时间里，这种步调很容易跟上。但是有一天“为什么”这问题产生了，于是，万事复始时，你会感到极端不耐烦和疲惫。“开始”——这很重要。履行机械化生活最后的结果就是疲惫，但同时它却产生了意识的冲动。它唤醒了意识和接踵而来的一切。接下去的行为，是重新套上那链环，再不然就是豁然的觉醒。觉醒的结局及时导出后果：自杀或复元。疲惫本身令人生厌。我必须宣称这种感觉很好。因为万事始于意识，除了通过它，任何事情都毫无价值。这种论点并无新鲜之处。但它是明显的，在概略地探讨荒谬的起源的过程中，暂时这些就足够了。正如海德格尔所说，纯粹的“焦虑”存在于万物之始。

路

◎ （英国）劳伦斯

世上有如此多的自由意志。我们可以交出意志从而成为大趋势中的一朵火花，或者扣留意志，蜷缩在意志之内，从而逗留在大趋势之外，豁免生或死。死神最终是要胜利的。即便到了那时，也无法改变这样一个事实：我们能够生存，在虚无中豁免死，对于将否定施加给我们的自由意志。

我们所能够做的就是在孤独中认出哪条是我们应该走的路，然后将自己交给道路，坚定地向着目的走去。笔直的死亡之路有其壮丽和英勇的色彩：它用热情和冒险打扮自己，浑身跃动着奔跑的豹、钢铁和创伤，长着水淋淋的水莲，它们在自我牺牲的腐泥里发出冰冷而迷人的光。生之路上则长满毛茛属植物，一路上野鸟啭鸣，歌唱着真正的春天，歌唱梦中创造的壮丽的建筑。我踩着充满敌意的敏感之路，为了我们高贵的不朽的荣耀，为了一些娇小的贵夫人，为了无瑕的、由血浇灌的百合花，我们冲破迷人的血的炫耀。或者，从我的静脉中生出一朵高雅的、无人知晓的玫瑰，一朵生命精神的玫瑰。这玫瑰超越任何妇女、任何男人而存在。对虚无来说，我这闪光的、超然存在的玫瑰只是一颗小小的卷心菜，当羊群走进花园时，它们会冷淡地对待玫瑰，但吃卷心菜时却贪婪无比。对虚无来说，我壮丽的死就像江湖骗子的表演，如果我在消极的嗅觉下稍稍使我的矛倾斜一下，那就是可怕的、非人道的罪行，必须用“正确”的统一的呼呼声压倒和制止窒息。

世上有两条路和一条没有路的路。我们不会关心那不是路的路。谁想走一条没有路的路呢？有的人可能会坐在他那没有路的路的尽头，像一颗长在花梗盲肠上的卷心菜。

有条路，即没有路的路往往被人忘却。有两条路，有炽热的阳光洒落下来，渗透开花的大地。有红色的火在它回去的路上，在即将来临的分裂中向上升腾。火从太阳那儿下来投入种子，扑通一声跳入生命的小水库。绿色的泡沫和细流向上喷射，一棵树、一口玫瑰的喷泉、一片水气朦胧的梨花般的云朵。火又返了回来，树叶枯萎，玫瑰凋谢。火又返回到太阳，暗淡的水流消逝了。这一切就是生，就是死——同懒汉般的羊群迥然有异。有迅速的死，也有缓慢的死。我投一束光线在多花的灌木上，平衡倒塌变成了火焰路，在死亡的翅膀上，灌木从向上冲去，在烟雾中，暗淡的水在流逝。

幸福感

◎ （美国）爱因·兰德

幸福是个人达到自我价值的意识状态。如果一个人珍视创造性的工作，这就成了他生活中幸福的衡量标准。但是，如果一个人喜欢破坏（像虐待狂），喜欢自我折磨（像受虐狂），喜欢超验（像神秘主义者），喜欢无头脑的蛮横者，他们所声称的幸福则是一种自我毁灭的成功标准。必须指出的是，这些无理性主义者的情感状态是不能被定义为幸福或快乐的：这只是通过可怕的麻醉而获得的暂时解脱。

通过追求无理性的奇想不能达到生命和幸福。这就好比一个人，他可以自由地通过各种散乱的手段生活，像寄生动物、闲荡者或抢劫者那样，但不可能具有成功的自由。所以，他可以自由地去追逐幸福，以一种非理性的欺诈、奇想、幻觉和各种逃脱现实的方式进行，但他无法成功，也无法逃避由此而来的责任。

可以引一段高尔特的话，幸福是一种无矛盾的快乐状态——一种没有惩罚或犯罪感的快乐，这种快乐不与你自己的价值相冲突，也不是自我毁灭性的生活……只有理性的人才有可能幸福，他除欲望理性的目标而别无他求，除了追求理性的价值和理性行为中的快乐别无它求。

生命的延续和幸福的追求并非两个彼此独立的问题。将自己的生活作为终极价值，将幸福作为最高的追求是同一过程中的两个方面。从存在论角度来说，追求理性目标的活动就是维护自己生命的活动；从心理学角度来说，行为的结果、奖赏及伴随物是幸福的情感状态。正是通过幸福的感受，使自己每时每刻都真正地生活着。当一个人感受到真正幸福时，那本身就是目的。这种幸福使他知道："这是值得生活的"——它用情感的术语加以确证和赞赏，成为一种形而上的事实，生命本身就是目的。

但是，原因和结果的关系不能被颠倒。只有将"人类的生命"看成最基本的，并追求所需的理性价值，才能达到幸福。而不是将"幸福"作为不可定义、不可推导的基本东西，以此来指导自己的生活。如果你达到了用价值的理性标准衡量，这必然使你感到幸福。但是，如果这种使你幸福的感受是以没有确切定义的情感标准衡量，它就不一定是善的。将"任何使你快乐"作为引导你行为的标准，这就意味着你仅仅为情感的奇想所引导。情感不是认识的工具。受奇想（一种对其源泉、本性和意义无法知晓的东西）的引导，就是将自己沦为盲目的机器人，受未知恶魔的控制。

幸福的价值

◎ （德国）费尔巴哈

与追求幸福发生矛盾并牺牲幸福，这不是说明什么别的，而只说明（自然如果这种自我牺牲未达到自杀）为了主要的东西牺牲次要的东西，为了类而牺牲种，为了高级的福利牺牲低级的福利，为了不可缺少的东西，为了必要的东西牺牲可以缺少的东西，虽然这种可以缺少的东西也是可爱的和可贵的，虽然缺少这种东西会引起苦痛。但是，如上所述，必要性开始的地方，幸福也就不会终止。水不是酒，它只不过是适于饮用的一种液体，在各种饮料中它是无色无臭无味的必需品。通常人在需要时才感觉到它的必要性，这是它唯一有效的魔力。这种必要性将水变为酒，将黑麦变为极精细的上等小麦粉，将草垫变为由鸭绒做的被褥；将泥土塑造为公爵，而反之也常将公爵变为泥土！将最平常、最低级的东西变为最高级的东西，将最

不值钱的东西变为无价宝；故乡的泥土，通常被人们任意践踏，但对于可怜的被放逐者来说，它又变成了虔敬接吻的对象。

幸福生活的价值不是固定不变的，也如寒暑表一样，它有时会升高，有时会降低。一个陈腐的真理是：我们并不把经常不断享受的东西感觉为幸福，并加以珍重；另一个陈腐的真理是：为了认识某种东西是幸福，最好我们先丧失这种东西；我们有了某种东西，就能真正幸福，虽然我们不认识它也不注意它。这样的幸福首先是健康。对于一个健康者说来，健康是毫不足奇的，是当然的，是不值得注意和重视的，而实际上它却是其他一切幸福的前提条件。没有财产（不问这种财产是由自己的劳动而来，或由资本即被蓄积的他人劳动而来），健康只是一种健康的饥饿的可悲的能力。但是，如果一个除了自己的手或头以外说不出其他任何东西是自己的赤贫者，一旦病了，或开始感觉不舒适，啊！你看，原来极少受重视的健康会怎样立刻在人生幸福中抬高自己的地位，会怎样变成超越其他一切幸福的幸福，变成最高的幸福！赤贫者会激动地大声说：“我将永远不再抱怨自己的贫穷，抱怨贫穷给我带来的无数苦难！只要你——健康——和我在一起，有了你，我的劳动能力就会重新发挥作用，那时我就会有为了过幸福的日子所需要的一切！”

孩　子

◘　（丹麦）克尔凯郭尔

每个孩子的头上都有一个光环，每个父亲都会感到他欠孩子的比孩子欠他的更多，而且他们谦卑地感到孩子是希望，而他自己即使是用最好的话来形容也只是一个继父。没有感受到这一点的父亲徒劳地保持着父亲的形象。让我们摆脱这些无道理的激动吧，但我们也不能追随孩子的任性，因为孩子要保证完成不可能的任务。

孩子是世界上最伟大最重要的，而当人们最初接受他的时候，他是最无意义和最不重要的。如果知道一个人在这方面的想法，你就有机会深入观察这个人。如果一个人想到婴儿的权利是成长为人时，可怜的婴儿的诞生在他看来就是个喜剧；而如果一个人想到婴儿哭喊着来到了世界上，很长时间里他只会哭叫，甚至没有人能够理解这个婴儿的哭叫，婴儿的诞生在他看来就是一个悲剧。就是说，婴儿的诞生可以产生不同效果，以宗教的方式来看待婴儿的诞生是最为美好的，并且这种方式能很好地同其他方式统一起来。至于你——你的确很钟爱可能性，因为我丝毫不怀疑你的好奇又懒散的心灵在窥视着这个世界，然而对孩子的看法在你那里一定引不起愉悦的结果。你的厌恶情绪自然可以归因子这一事实，即你只想拥有你可以控制的可能性。你愿像孩子们在黑暗的房间里等待圣诞树的显现那样期待着可能性，但孩子显然是一种非常不同的可能性，他是一种严肃的可能性，所以你几乎不会有耐心容忍他。然而，孩子们是幸运的。一个人应该以极度的严肃性来思考他为孩子承担的责任，这才是正当的，如果他有时忘记了：这不仅仅是一种加于他的责任，而且也是一种赐福，是冥冥中的上帝在摇篮中放下的赠品。

童　年

◎　（印度）泰戈尔

我从小习惯于尽量少吃食物，但不能说我少吃了身体就瘦弱。比起食量大的孩子，我力气大而不是小。我健康得可恶，想逃学逃不成，苦恼极了。折磨身体，照样不生病。一整天脚穿被水泡湿的鞋子，也不着凉感冒。秋天睡在露天凉台上，露水濡湿头发、衣服，嗓子眼里仍听不见咳嗽的动静。我从未出现消化不良之类的征兆。实在想逃学，只得对母亲撒谎说肚子痛得不行。母亲心中暗笑，未露出一丝忧愁的表情。她将仆人叫去，吩咐说："去，告诉家庭教师，今天不必上课了。"

我那位守旧的母亲认为，儿子旷几节课，学业不会有损失。假如我落到那些望子成龙的严厉母亲手里，送回学校自不待言，耳朵也少不得被拧几下。

我母亲有时微微一笑，让我喝一口蓖麻油了事。生病时我一

向是件乐事。偶尔发烧，家里人不说是发烧，而说身子有些热。于是请来郎中尼勒麦达巴。我那时还没有见过体温表。他摸摸我的额头，开出第一天的处方：吞一口蓖麻油，禁食。给我喝的水也很少，而且是开水。禁食后的第三天，吃的泡饭，喝的鱼汤，如同琼浆玉液。我记不起发高烧是什么滋味。我从未患过疟疾，也未服过奎宁。泄药的王国里，只有蓖麻油。我身上未落下一块伤痕或疮疤。我至今不晓得什么叫麻疹、水痘。我的身体结实得近于顽固。如今的母亲想让孩子不得病，逃不出老师的手掌心，最好雇用波罗吉沙尔这样的仆人。既省医药费，又省伙食费，尤其是在掺假的机磨面粉和酥油盛行于市场的今天。

当年的市场上没有巧克力出售，只有一分钱一块的玫瑰芝麻糖。我不知散发着玫瑰香味的芝麻糖现在粘不粘孩子们的口袋，但确信它已羞惭地逃离显贵们的邸宅了。那一包包油炸米花，那便宜的方块芝麻糖如今在哪儿？这些零食还有人做吗？如果没有，也不会有人费力考证，重新挖掘它的制作过程了吧。我每天傍晚听波罗吉沙尔讲格里蒂达斯改写的共有七章的《罗摩衍那》史诗故事。名叫莎吐姬的女孩复习了一会儿功课也来听故事。《罗摩衍那》中的说唱词，波罗吉沙尔拖腔带调地背得下来。他端坐在席子上，将格里蒂达斯抛到九霄云外，绘声绘色地表演：啊，出现了预兆。啊，凶兆，凶兆，大事不好！……他面带笑容，秃顶闪闪发亮，儿歌般的唱词，像清泉汩汩流出他的喉咙。每行的韵脚铿锵有力，像敲击水下的卵石。唱着，唱着，就手舞足蹈起来，将听众引入故事情境之中。

让爱美的天性常在

◎ （美国）雷切尔·卡森

儿童的世界新奇而美丽，充满惊异和兴奋。可是，对我们多数人来说，等不到成年，这种锐利的目光，爱一切美丽的和令人敬畏的事物的天性，就已经迟钝，甚至丧失殆尽，这真是我们的不幸。据说有一位善良的仙女主持所有儿童的洗礼。假如我能对她有所影响，我倒想向她提个要求，请她赋予世间儿童以新奇感——无可摧毁、能伴随他们终身的新奇感——并使它成为万灵的解药，有了它，他们在以后的岁月里就会永远陶醉在新奇之中，不致产生厌倦感，不致徒劳地全神贯注于人为的虚假事物，不致脱离力量的源泉。

假如一个儿童没有仙女的赏赐而要保持他天生的新奇感，他至少需要有一个能与他共享新奇感的成年人为伴，并且跟他一起不断发现我们生活的这个世界的一切欢乐、刺激和神秘。

做父母的常有力不从心之感，他们一方面要满足孩子那感觉灵敏而又急于求知的心灵，另一方面复杂的物质世界又使他们感到难于应付，这个世界的生活形形色色，他们自己都感到生疏，好像没有理出头绪、弄个明白的希望。他们自己先泄了气，喊道："我哪能教我的孩子认识大自然！啊，我连两只鸟都分辨不清楚！"

我真诚地相信，对于儿童及力求引导儿童的父母来说，感觉远比知识更为重要。如果说事实等于种子，以后会萌发知识和智慧，那么，激情以及感官得到的印象就等于是肥沃的土壤，种子离开它将无法生长。童年早期是准备土壤的时期。一旦唤起了种种感情——美感、对新鲜事物和未知事物的兴奋感、同情心、恻隐之心、钦羡之情、爱慕之心——那么，我们就希望获得关于引起感情反应的事物的知识。而这种知识一旦获得，就具有深远的意义。为孩子的求知欲铺路，比像喂食似的规定孩子吞下他吸收不了的事实更为重要。

哲学的萌芽

◎ （德国）卡尔·雅斯贝尔斯

一个孩子在听别人讲述世界是如何被创造出来的故事：“开始的时候，上帝创造了天和地……”这时他立刻追问：“在开始之前又是什么呢?”显然，这个孩子已经意识到：问题是永无终了的，心灵是永无边界的，结论性的答案是永无可能的。

还有一个小女孩同她父亲在树林中散步，倾听她父亲讲述着小精灵们在夜晚的林间空地上跳舞的故事。小女孩说：“但是，这儿并没有什么小精灵呀……”于是，她父亲将话题转向那些实在的事物。他描绘了太阳的运行，讲到究竟是太阳环绕地球还是地球环绕太阳的问题，然后又解释了地球为何是圆的，以及地球是怎样以地轴为中心而旋转……“哦，那可不是这样的，”小女孩一边跺着脚，一边说道：“地球根本不动。我只相信我所看到的东西。”“那么，”她父亲说：“你看不到上帝，你也就不相信上帝罗。”小女孩迟疑了片刻，然后很自信地回答：“如果没有上帝，我们就根本不可能在这儿了。”显然，小女孩深为存在的神奇力量所感染，她相信：万物并非通过自身而存在。她还明白，在以世间某些特定对象为基础而提出的问题与那些依赖我们整个存在而提出的问题之间，存在着某种差别。

还有另一个小女孩正在上楼去看望她的姨妈。偶然间，她想到一切事物都在变化着，流逝着，消亡着，就好像它们从不曾有过似的。她自思自忖道：“不过，世界上一定有些事物是始终不变的……我正上楼去看姨妈——这件事是我永远不会忘记的。”显然，这个小女孩对于事物普遍的转瞬即逝性在她心灵中引起的惊讶和恐惧，表现了一种遁逃的无奈心理。有时，人们会说，孩子们一定是从他们的父母或其他人那儿听来的。但是，这种看法显然不能适用于孩子们提出的那些真正具有严肃性的问题。如果有人坚持认为这些孩子以后不会再进行哲学探讨，因而他们的言论不过是些偶发之词，那么这种强词夺理就忽视了这样的事实：孩子们常具有某些在他们长大成人之后反而失去的天赋。随着年龄的增长，我们好像是进入了一个由习俗、偏见、虚伪以及全盘接受所构成的牢笼，在这里面，我们失去了童年的坦率和公正。儿童对于生活中的自然事物往往会做出本能的反应，他能感觉到、看到并追寻那些即将消失在他视野中的事物。然而，他也会忘记那些曾经显露在他眼前的事物，因而后来当成人把他曾经说过的话，以及他曾经提过的问题，告诉他时，他自己也感到诧异。

青　春

◎　（英国）赫兹里特

眼前的景物简直看也看不完，随着我们前进的步伐，新的事物更是层出不穷，所以在生命开始的时候，我们对自己的种种爱好并不加以限制，而且一有机会还要加以满足。这时我们还没有碰到障碍，也没有厌倦的情绪，仿佛一切可以永远照此下去。我们环顾四周，看见一个生机勃勃、不停运动、前进不已的新世界。我们觉得浑身都是干劲和精神，要和这个世界并驾齐驱，而根据眼前的征兆还根本无法预见这样的情况，即按照事物发展的规律，我们将被抛在后面，逐渐进入暮年，最后掉进坟墓。正因为青春时期的单纯，仿佛感觉是处于茫然状态中（姑且这样说吧），所以我们就把自己跟自然等同起来，并且（由于经验不多，情感强烈）还自我欺骗，以为自己跟自然一样是永恒不朽的。

我们天真地自夸：我们跟生存的短暂联系是不可分割的、

永恒的结合——一种既没有冷淡、冲突，也没有分离的蜜月。像婴儿的微笑和安睡一样，我们躺在荒诞幻想的摇篮里被摇来摇去，听着周围世界的喧嚣，睡得安安稳稳——我们举起生命之杯，大口喝着，怎么也喝不完，反而越喝越多——各种事物从四面八方纷至沓来，围绕着我们，它们的重要性占据了我们的心，促使我们产生一连串期待中的欲望，所以没时间想到死。那样丰富多彩的生活，我们不可能一下子就变成尘土灰烬，我们无法想象 “这有知觉、有温暖的、活跃的生命化为泥土”——周围白日梦的光辉照花了我们的眼睛，因而瞧不见那黑森森的坟墓。我们看不见终点，正如看不见起点一样：起点完全消失在遗忘和空虚里，而终点则被匆匆来临的大量事件遮掩着。或者我们能看见无情的阴影在地平线上徘徊，而要追赶它，注定是办不到的；或者它那最后的、若隐若现的轮廓接近了天国，就带着我们升天！生命一旦掌握了我们，就决不允许我们的思想离开眼前的事物和追求，即使我们要那样做也办不到。还有什么东西比疾病更能反对健康？比衰退和瓦解更能反对力量和优美？比默默无闻更能反对积极求知呢？更没有任何占优势的东西能挡住死的降临，嘲笑死的威胁无用。什么地方出现威胁，什么地方就产生希望，希望就用面纱把所有突然终止的宝贵计划都掩盖起来。在青春的精神遭受损害，而“生命的美酒已经喝完”以前，我们就像醉酒汉或发烧病人那样，被强烈的感官所驱使，急匆匆地往前奔跑。

两条路

◎ （德国）让·保尔

新年的夜晚。一位老人伫立在窗前。他悲戚地举目遥望苍天，繁星宛若玉色的百合漂浮在澄静的湖面上。老人又低头看看地面，几个比他自己更加无望的生命正走向它们的归宿——坟墓。老人在通往那块地方的路上，也已经消磨掉60个寒暑了。在旅途中，他除了有过失和懊悔之外，再也没有得到任何别的东西。他老态龙钟，头脑空虚，心绪忧郁，一把年纪折磨着老人。

年轻时代的情景浮现在老人眼前，他回想起庄严的时刻，父亲将他置于两条道路的入口——一条路通往阳光灿烂的升平世界，田野里丰收在望，柔和悦耳的歌声四方回荡，另一条路却将行人引入漆黑的无底深渊，从那里涌流出来的是毒液而不是泉水，蟒蛇到处蠕动，吐着舌箭。

老人仰望昊天，苦恼地失声喊道："青春啊，回来！父亲啊，把我重新放回人生的入口吧，我会选择一条正路的！”可是，父亲以及他自己的黄金时代都一去不复返了。

他看见阴暗的沼泽地上空闪烁着幽光，那光亮游移明灭，瞬息即逝。那是他轻抛浪掷的年华。他看见天空中一颗流星陨落下来，消失在黑暗之中，那就是他自身的象征。徒然的懊丧像一支利箭射中了老人的心脏。他记忆起了早年和自己一同踏入生活的伙伴们：他们走的是高尚、勤奋的道路，在这新年的夜晚，载誉而归，无比快乐。

高耸的教堂钟楼鸣钟了，钟声使他回忆起儿时双亲对他这浪子的疼爱。他想起了困顿时父母的教诲，想起了父母为他的幸福所作的祈祷。强烈的羞愧和悲伤使他不敢再多看一眼父亲居留的天堂。老人的眼睛黯然失神，泪珠儿泫然坠下，他绝望地大声呼唤：“回来，我的青春！回来呀！”

老人的青春真的回来了。原来，刚才那些只不过是他在新年夜晚打盹儿时做的一个梦。尽管他确实犯过一些错误，眼下却还年轻。他虔诚地感谢上苍，时光仍然是属于他自己的，他还没有堕入漆黑的深渊，尽可以自由地踏上那条正路。进入福地洞天，丰硕的庄稼在那里的阳光下起伏翻浪。

依然在人生的大门口徘徊逡巡，踌躇着不知该走哪条路的人们，记住吧，等到岁月流逝，你们在漆黑的山路上步履踉跄时，再来痛苦地叫喊，“青春啊，回来！还我韶华！”那只能是徒劳的了。

固定的震慑

◘ （英国）劳伦斯

我们必须选择生，因为生决不会强迫我们。我们有时候甚至根本不能选择，对死亦然。然后，生命再一次与我们同在，使人感到有一种温和的安宁。但我们最终可能会断然否认这种安宁，因此我们断无安宁可言。我们可能会完全排斥生活并最终拒斥自己。除非我们将自己的意志支付给生命之流，否则，我们就是毫无生命的尤物。如果一个人除了死别无选择，那么，死亡就是他的光荣、他的满足。如果他的不满和抵抗都是冷漠的，那么，冬天就是他的命运、他的真理。为什么一定要诱骗或威胁他去发表生的宣言？就让他去全心全意地宣告死亡，让每个人都去寻找自己的灵魂，并从中发现他的生命是急速地趋向生或是死，当他找到了以后，就让他自由行动，因为天下最大的痛苦莫过于谎言。如果一个人属于不可逆转的死亡之路，那么，他至少可以心满意足地去遵循这条道路。但我们不会将这称为安宁，在剧烈而美味的毒药中获得的满足与顺从自我满足的谦卑和安宁的真正自由之间有着天壤之别。安宁存在于我们接受生命之时，当我们接受死亡时，有一种和安宁相对应的无望，那就是沉寂和顺从。

生命不能打破固执己见的意志，死亡却做到了。死亡强迫我们，不给我们以任何选择。任何比较都是死亡，不是其他而是死亡。

对生命，我们必须放弃自己的意志，默认它并与它一致。如果我们兀自站立，我们将被排斥，被从生活中驱赶出去，生命的服务是自觉自愿的。在生命与宗教的关系中已经发生了逆转。这似乎有点不那么现实，就像奇迹一样不十分可信，但事实上，从根本上说，这种现象是很自然的，它是我们的最高荣誉。我们知道，用我们的灵与肉的全部力量来执行死亡意味着什么，我们知道什么叫完成死亡的活动。我们已经把自己全部的灵与肉投入到制造死亡的发动机、死亡机构和死亡发明物之中。我们想迫使任何人从事死亡活动，我们想在一个巨大的死亡合唱中包围世界，不让任何东西逃跑。我们充满了强迫性的疯狂，我们的坚固的意志已经同强迫，同死亡的巨大发动机协调一致了。

可见，我们的基本存在已经显现。不错，我们的旗帜上公开地写着安宁，但不能让我们因为躺下而退化。死亡的威力震慑我们全身，已经在我们身上聚集了一百年。对死的激情早在我们的父辈那儿就开始累积起来了，它一代一代地滋生，越来越强。在我们的内心，大家都必须承认这一点。

珍爱光明

◎ （美国）海伦·凯勒

我经常这样想，如果每一个人在他的青少年时期都经历一段瞎子与聋子的生活，将是非常有意义的事。黑暗将使他更加珍惜光明，寂静将使他更加喜爱声音。

我经常考查我那些有视力的朋友们，问他们看到了什么。最近，我的一位好友来看我，她刚从森林里散步回来，我问她都看到了些什么。她回答说："没有看到什么特别的东西。"如果我不是习惯听这样的回答，那我一定会对它表示怀疑，因为我早就相信，眼睛是看不见什么东西的。

我常这样问自己，在森林里走了一个多小时，却没有发现什么值得注意的东西，这怎么可能呢？我这个有目不能视的人，仅仅靠触觉都能发现许许多多有趣的东西。我感到一片娇嫩的叶子的匀称，我爱抚地用手摸着白桦树光滑的外皮，或是

松树粗糙的表皮。春天，我满怀希望地在树的枝条上寻找着芽苞，寻找着大自然冬眠后醒来的第一个标志。我感觉到鲜花那可爱的、天鹅绒般柔软光滑的花瓣并发现了它那奇特的卷曲。大自然就这样向我展现千奇百怪的事物。偶尔，如果幸运的话，我把手轻轻地放在一棵小树上，就能感觉到小鸟放声歌唱时的欢蹦乱跳。我喜欢让清凉的泉水从张开的指间流过。对于我来说，芬芳的松叶地毯或轻软的草地要比最豪华的波斯地毯更可爱。四季的变换就像一幕幕令人激动的、无休无止的戏剧，它们的行动从我的指间流过。

有时，我在内心里呼唤着，让我看看这一切吧。仅仅摸一摸就给了我如此巨大的欢乐，如果能看到，那该是多么令人高兴啊！然而，那些有视力的人却什么也看不见，那充满世界的绚丽多彩的景色和千姿百态的表演，都被认为是理所当然的。人类就是有点奇怪，对已有的东西往往看不起，却去向往那些自已所没有的东西。这是非常可惜的，在光明的世界里，将视力的天赋只看做是为了方便，而不看做是充实生活的手段。

时间的价值

(加拿大) 罗·威·塞维斯

俗话说:“时间就是金钱。”这就是说，一时片刻只要用得有效，都会使你的口袋里增加一些钱。如果我们的时间使用得当，就能生产有用的和重要的产品，在市场上卖得一定的价钱，或者充实经验，增长才干，有了适当时机我们就能挣钱。因此毫无疑问时间可以转化为金钱，让那些对浪费时间满不在乎的人记住这一点，让他们记住，浪费一小时等于损失一张钞票，而利用一小时就等于得到若干金银。这样，他们想浪费时间时或许会三思而后行。

再说，我们的生命无非就是我们活在人世的时间，因此浪费时间也就是一种自杀。我们想到死未免极感不快，因而不惜一切努力、麻烦和费用以求得保全生命。可是我们对于损失一个钟头或者一天时间却往往漠不关心，忘记了生命原本就是我们生活的每一天、每一小时的总和。因此浪费一天或一小时就是丧失一天或一小时的生命。让我们记住这一点，这样我们就会把浪费时间看作一种罪过，跟自杀一样应该受到惩罚。

还有第三层考虑，也会提醒我们别浪费时间。人生短暂，总共不过六七十年，可是将近一半时间必须用于睡眠；吃饭时间加起来也得几年工夫；穿衣脱衣又是几年；水路陆路旅行又是几年；再加上几年娱乐时间——不论是为自己还是为别人；几年宗教节日和社会节日的庆祝活动；我们的近亲至亲病了，侍奉汤药也得几年工夫。如果从我们的寿数中减去所有那些岁月，我们将发现，能让我们用于有效工作的时间，大概是十五或二十年的光阴。谁能记住这一点，就不会心甘情愿地浪费他生命的每时每刻了。

所有的时间都是宝贵的，而童年和青年时期的时间比一生的其他阶段更为宝贵，因为只有在那两个阶段我们才能获得知识并发展才能。如果我们让生命的早晨滑了过去而未加利用，我们将永远无法弥补这损失。等我们长大了，获得知识的能力就变得迟钝了，因此在童年和青年时期未能得到的知识或技能将永远不能再获得了。正如将钱投资生息，到时候就变成两倍三倍，童年和青年时期的宝贵光阴，如果用得得当，将产生无可估量的利益。从道德的观点看，恰当地利用时间对我们也有很大的好处。懒惰是心灵生的锈，懒人的头脑是撒旦的作坊，这话说得有理。错误大多数是无所事事、百无聊赖所致。

圆心与圆周

◎ （英国）雪 莱

什么是人生？我们的思想与情感有意识地或无意识地都会在脑海中涌现，而我们运用言辞来表达它们。我们降临到世间，然而，呱呱坠地的时刻早已被我们淡忘，婴孩时代不过是记忆中破碎的残片。我们活下来了，可在生活中，我们失去了对生活的领悟。如果以为通过我们的言辞就能洞穿人生的秘密，这是何等狂妄自大！的确，言辞倘若运用得当，能使我们明白自身的无知，不过仅此而已，而这已足人愿了！因为，我们无法回答：我们是谁？我们从哪里来？我们要到哪里去？降临世间是否即为存在之始，而死亡是否即为存在之终？诞生是什么？死亡又是什么呢？

精密抽象的逻辑学，抹去了涂在人生表面的那层油彩，为我们展现出一幅惊心动魄的人生画面。然而，面对如此惊心动魄的画面，人们却已经习以为常，只感到它年复一年，周而复始。有哲学家宣称，只有被感知的事物才存在。我承认，我自己就是这一学说的赞同者。

然而，由于这一论断与我们固有的信念背道而驰，我们固有的信念便千方百计地与它抗衡。在我们心悦诚服之前，我们的脑海里早已有这样一种定论，外在世界是由“梦幻的物质”构成。通俗哲学这种荒谬绝伦的意识观与物质观，在伦理道德观念上产生了致命的后果。这一切以及这种哲学在万物本原问题上极端的教条主义，曾使我一度陷入唯物论。这种唯物论对于年轻肤浅的心灵是富有诱惑力的体系。它允许信徒谈论，却“豁免”了其思索权。不过，我所不满足的是它的物质观。我以为：人是志存高远的存在，他“前见古人，后观来者”，他的思想，徜徉于永恒之中，与倏忽无常、瞬息即逝无缘。他无法想象万物的湮灭；他只在“未来”与“过去”中存在。无论他真正的、最终的归宿如何，在他心中永远存在着一个精灵，与虚无、死亡为敌。这是一切生命、一切存在的特征。每一个生命与存在既是圆心，同时又是圆周。既是万物所指向的点，又是包含万物的线。这种观念为唯物论及通俗哲学的物质观、意识观所不容，然而，它与智力体系却是相投的。

生命力

◎（英国）毛 姆

生命力是非常活跃的。生命力带来的欢愉可以抵消人们面临的一切艰难困苦。它使生活值得过，因为它在人的内部起作用，用它的辉煌火焰向每个人的处境投射光明，所以无论人怎样难以忍受，还是忍受得了生活。悲观主义的产生往往是由于你设身处地想象别人的感受。这就是小说所以那么不真实的多种因素之一。小说家以他的私人小天地为素材，创造出一个公众的世界，把他自己特有的敏感性、思维能力和感情力量加在他想象的人物身上。大多数人不大有想象力，他们感受不到富于想象力的人觉得无法忍受的坎坷境遇。

以私生活不受干扰为例。极贫困的人习以为常，根本不以为意，而我们对此却非常重视，最怕私生活受到干扰。他们嫌恶独处，和人群在一起使他们感到踏实。每一个跟他们居住在一起的人都会注意到，他们不大妒羡富裕的人。事实是，我们认为必不可少的东西，有许多他们并不需要。这是富裕者的运气。因为除非是瞎子，谁都可以看到，大城市里的无产阶级全都生活在何等的苦难和纷扰之中，多少人没有工作做，可以做的工作又是那么沉闷，他们，他们的妻子儿女，都生活在饥饿的边缘，前途是望不到头的贫穷。如果只有革命才能改变这个局面，那么让革命早日到来吧！

当我们看到，即使在今天，我们习惯于称为文明国家的社会里，人与人之间的关系是那么残酷无情，真不能轻易断言他们的生活比过去好。不过，尽管如此，我们还不妨认为这个世界总的说来比历史上过去的世界是好了些，大多数人的命运虽然不好，总不像过去那样可悲可怕。我们有理由希望，随着知识的增长，许多令人深受其苦的邪恶将被消除。尽管还有许多邪恶势必继续存在。

我们是大自然的玩物。地震将继续造成惨重灾害，干旱将使谷物枯萎，突然而来的洪水将摧毁人们精心营造的建筑物。唉，人类的愚蠢还将继续发动战争并蹂躏彼此的国土，不能适应生活的婴儿还将继续出生，结果生活将成为他们的沉重负担。世界上的人只要有强弱之分，弱者一定要被强者逼得走投无路。除非人们摆脱掉私有观念的符咒——我想那是永远不可能的——他们永远要从无力的人手里攫夺他的所有。只要人们自我完成的本能存在一天，他们就会不惜牺牲别人的幸福，恣意发挥自己的这种本能。总而言之，只要人是人，他必须准备面对他所能忍受的一切邪恶和祸患。

轻生时代

◘ （日本）池田大作

每个人都希望使有限的一生获得最高价值。然而，在某种意义上，人的生存从未像今天这样艰难。

随着社会的发展，人类获得了长寿，但遗憾的是：对现代人来说，最重要的生命力却没有多大增长，甚至有人指出，在青年人中，已丧失了“从挫折中振作起来的力量”。还有不少人认为，现代人出现了生命力衰退的迹象。而且，自杀者的人数超过交通死亡者一倍，以此为象征，轻生的倾向日趋严重，人们为此深感不安。同时，除事故和疾病外，精神上的压抑感、疏离感、虚脱感等一类社会现象正在人们周围不断蔓延。

在当代，与“生”的力量相比，削弱“生”的力量正几倍、几十倍地增长。这绝非我个人的感觉吧，当前，最重要的是正视这样的现实，再次细细地咀嚼一下“生存”的根本意义。

据说人在临死的瞬间，一生所经历过的事情会像走马灯一样在脑海中盘旋。有的人流出悔恨的泪水，使盘旋于脑中的情景一片模糊；有的人由衷感到无上的满足，在无限欢喜中迎接人生的终结。我认为，人生成败的分界便在此分明了。

一些人尽管非常富裕或身居高位，但其一生毫无真诚可言，对这些人来说，当然没有真正的人生胜利感，想必只有痛苦的回忆吧。而另一些人不管别人如何评价，仍诚实地奋斗一生，或为某种主张、主义艰苦拼搏一生，在欢乐的心潮中迎接临终。这些人在自己的人生中取得胜利，以强有力的步伐抵达生命的终点，以其实际行动为社会、世界和宇宙的一切做出巨大的贡献，他们是毫无遗憾的。这些人生业绩将在他们心中唤起无限欣喜的激情。

人生会有风暴，也会有豪雨，还会出现暂时的失败。但深知创造之乐的生命，绝不会因此而退却。创造本身也许是一场打开沉重的生命之门的残酷战斗，可说是最艰难的工作。确实，与打开神秘的宇宙大门相比，要打开“自身的生命之门”是更为艰巨的工作。

尽管如此，这工作显示出做人的骄傲，不，应该说这就是生命的真正意义与真正的生活态度。有的人不懂得创造性生命的欢乐，我觉得没有比这更寂寞无聊的了。柏格森说过：“通过努力使丰富的世界增添了某种东西将使人格更为高尚。”他的话归结成一点，那就是共同开拓，让生命变得更为丰富充实。

必 然

◎ （法国）伏尔泰

农民认为冰雹是偶然落到他田里的，可哲学家知道没有偶然，由于世界是像目前这样构成的，冰雹不可能不在那天落到那个地方。

有些人害怕这个真理，只接受一半，就像欠债的人把一半钱还给债主，要求免掉剩下的一半那样。他们说，有必然的事件，还有其他不是必然的事件。这个世界的一部分是安排好的，另外一部分则不是，如果说发生的一切的一部分是必然发生的，另一部分则不是必然发生的，那是可笑的。当人们仔细研究这一点时，就可以看到反对命运的学说是荒谬的。可有许多人命中注定其思考能力很差，而其他人命中注定根本不需要思考，还有些人命中注定要迫害思考的人。

有些人告诉你：“不要相信宿命论，因为，如果一切都显得是不可避免的，你就不会致力于任何事，你就会对一切都漠不关心，你将不会喜爱财富、荣誉和赞美；你将不想获得任何东西；你将相信自己既没有价值，也没有力量。你将不去培养才能，一切将在漠然中消失。”

不要害怕，先生们。我们将永远拥有激情和偏见，因为受偏见和激情的支配是我们的命运。我们非常清楚：能否拥有许多优点和杰出才能并不取决于我们自己，就如同能否拥有一头秀发和漂亮的手不取决于我们自己一样。我们深信不该对任何事情存有虚荣心，但我们将永远是好虚荣的。

我写这文章时必定有激情，而你，你谴责我时也有激情，我们两人同样愚蠢，同样是命运的玩物。你的本性是作恶，我的本性是热爱真理，不管你的看法如何，我都要将真理写出来。

在窝里吃老鼠的猫头鹰对夜莺说：“不要在你那棵阴凉的树上唱歌了，到我的洞里来让我吃掉你。”夜莺回答说：“我生来就是为了在这里唱歌并嘲笑你的。”

你问我自由意志的情况如何，我不理解你，因为我不知道你说的自由意志是什么。关于它的本质你和别人已争论了这么长时间，因此你肯定不知道它。如果你想心平气和地与我探讨它是什么，或者说如果你能够这样做，去看看字母L。

永劫回归

◎ （捷克）米兰·昆德拉

尼采常常与哲学家们纠缠一个神秘的“永劫回归”观：想想我们经历过的事情吧，想想它们重演如昨，甚至重演本身无休无止地重演下去！这癫狂的幻念意味着什么？

从反面说：“永劫回归”的幻念表明：曾经一次性消失了的生活，像影子一样没有分量，也就永远消失不复回归了。无论它是否恐怖，是否美丽，是否崇高，它的恐怖、崇高以及美丽都已经预先死去，没有任何意义。它像14世纪非洲部落之间的某次战争，某次未能改变世界命运的战争，哪怕有10万黑人在残酷的磨难中灭绝，我们也无须对此过分在意。

然而，如果14世纪的两个非洲部落的战争一次又一次重演，战争本身会有所改变吗？

会的，它将变成一个永远隆起的硬块，再也无法归复自己原有的虚空。

如果法国大革命永无休止地重演，法国历史学家们就不会为罗伯斯庇尔感到那么自豪了。正因为他们涉及的那些事不复回归，于是革命年代只不过变成了文字、理论和研讨而已，变得比鸿毛还轻，吓不了谁。这个在历史上只出现过一次的罗伯斯庇尔与那个永劫回归的罗伯斯庇尔绝不相同，后者还会砍下法兰西万颗头颅。

于是，让我们承认吧，这种永劫回归观隐含有一种视角，它使我们所知的事物看起来是另外一回事，看起来失去了事物瞬时性所带来的缓解环境，而这种缓解环境使我们难于定论，我们怎么能去谴责那些转瞬即逝的事物呢？昭示洞察它们的太阳沉落了，人们只能凭借回想的依稀微光来辩析一切，包括断头台。

不久前，我觉察自己体验了一种极其难以置信的感觉。我翻阅一本关于希特勒的书，被他的一些照片所触动，从而想起了自己的童年。我成长在战争中，好几位亲人死于希特勒的集中营。我生命中这一段失落的时光已不复回归了。但比较于我对这一段时光的回忆，他们的死算是怎么回事呢？

对希特勒的仇恨终于淡薄消解，这暴露了一个世界道德上深刻的堕落。这个世界赖以立足的基本点，是回归的不存在。因为在这个世界里，一切都预先被原谅了，一切都可笑地被允许了。

确定的命运

◎ （英国）罗 素

当最坚实的绳索——共同命运的绳索——将自由人和他的同类捆在一起的时候，他就发现一种新的憧憬永远和他同在，它把爱之光洒落在逐日的工作之上。人的生命是一次穿过黑夜的远征，被隐形的敌人所包围，被厌倦和痛苦所虐待。那远征导向一个目标，但是很少有人能够到达，而且也很少有人能在那目的地久久地逗留。我们的伙伴前进的时候总是一个又一个地从我们的视野中消失，被全能的死亡的无声命令所捕获。我们能帮助他们的时间很短，决定他们是幸福或是痛苦的时间也很短。让我们在他们的路上洒落阳光。让我们用同情的香膏缓和他们的痛苦，让我们给予他们永不厌倦的爱之欢乐，让我们增进他们的勇气，让我们在他们失望的时刻灌输给他们信心。我们不要认真地计较他们的长处和短处，但是让我们想到他们的需要——想到使他们生活痛苦的悲哀、困难和盲目。让我们记住他们是在黑暗中与我们一同受苦的伙伴，和我们同时扮演悲剧的伶人。这样，当他们的日子完结的时候，当他们的善良与邪恶因过去的不朽而成为永恒的时候，我们会感到他们的痛苦和失败都不是由于我们的行为。但是当他们的心中有神圣的火光闪烁的时候，我们曾经给他们鼓励和同情并且向他们说过勇敢的话语。

人的生命是短暂而无能的。徐缓但确定的命运落在他和他的同类身上，无情而黝黑。命运无视善良，对毁坏也漠然，它只是在无情的路上滚着。人今天命定了要失去他最亲爱的人，明天自己也要穿过幽暗的门。在致命的打击来到之前，他只有怀着崇高的思想使他短暂的日子变得崇高，轻视命运之奴隶的懦弱，在他亲手建筑的庙宇里崇拜。不怕偶然，使心灵不再受制于表面生活的任性暴虐，傲岸地向暂时容忍他的知识和批判的不可抗拒的力量挑战，单独支持着一个厌倦而不屈服的阿提拉斯——那个他凭自己的理想所塑造的世界，那个他不顾无知觉的力量的蹂躏而创造的世界。

选择权

◎ （德国）齐美尔

凡被称为命运的东西，不管是好运还是厄运，不仅不能为我们的理智所理解，而且有些即使被我们的生活意图所接受，但并未被彻底同化——根据整个命运结构来看，这一点符合那种令人不快的感觉，就是说，我们生活的整个必然似乎像是偶然一般。只有在艺术形式中，在悲剧中，才会出现决然对立面以及对立面的消除。因为艺术形式让人感到在偶然的最深处寄寓着必然。当然，悲剧主角往往毁灭于既成事件与生活意图的矛盾交织之际。悲剧发生本身有其明显的生活意图基础，否则，它的毁灭就不是什么悲剧，只不过是令人伤心之事。倘若消除“偶然寄寓于必然”的这一令人可悲的感觉，那么悲剧就会“缓和”。但它毕竟是悲剧的命运，因为它清楚地描绘了命运概念的意义，即客观的纯粹可经历性转变成个人生活目的的可感受性，并揭示出个人生活，而我们经验主义的命运无法与之相提并论，因为经验主义的事件因素从未放弃它那因果性和无感受性的实质。

命运存在于一种生活范畴对另一种生活范畴的适应关系之中，所不同的只是一种，上帝没有命运，另一种，动物没有命运。其实，人生舞台也接近于这一外推结论。人类面临命运，不外乎两种选择，一是拜倒于命运之下，一是凌驾于命运之上，这完全取决于人本身。拜倒于命运之下意味着：毫无自己的生活意图，纯生活事件的同化无非是强迫性或被强迫性的，命运本身也只是事件而已，遇事任其自然发展。

凌驾于命运之上则意味着：由人的内在深处所决定的生活意图如此不可驾驭，如此不可左右，以至于人的自身存在和生活所要接受的事态发展过程根本不给命运以任何任务。在此，生活事件不可抗拒地迎合已形成感受力的强大潮流，似乎它们根本无法触动这一潮流。谁凌驾于命运之上，谁就不是悲剧的主角。悲剧主角之所以存在，是因为受到自身外强大的现实对抗力，他之所以被制服是因为他受到本人生活意图的包围。这是彻头彻尾的现实和感受的两重性形式，而感受单元寄寓于这形式之中。对于凌驾于命运之上的人来说，这形式根本不以两重性面目出现，他不像上帝那样可以完全超脱命运，在上帝那儿，任何事情从一开始就有绝对的目的安排。而在他那儿，仅仅是因为生命主流如此之强，使各种对抗它的力量可以被忽略不计。

潜在力量

◎ （德国）尼 采

我们受到了影响，我们自身没有可以进行抵挡的力量，我们没有认识到，我们受了影响。这是一种令人痛心的感受：在无意识地接受外部印象的过程中，放弃了自己的独立性。让习惯势力压抑了自己心灵的能力，并违背意志在自己心灵里播下了萌发混乱的种子。

在民族历史里，我们更广泛地发现了这一切。许多民族遭到同类事情的打击，他们同样以各种不同方式受到了影响。

因此，给全人类刻板地套上某种特殊的国家形式或社会形式是一种狭隘的做法。一切社会思想都犯这种错误。原因是，一个人永远不可能再是同一个人，一旦有可能通过强大的意志推翻整个世界，我们就会立刻加入独立的神的行列。于是，世界历史对我们来说只不过是一种梦幻般的自我沉迷状态。幕落下来了，而人又会觉得自己像是一个玩耍的孩子，像是一个早晨太阳升起时醒过来，笑嘻嘻将噩梦从额头抹去的孩子。

自由意志似乎是无拘无束、随心所欲的，它是无限自由、任意游荡的东西，是精神。而命运——如果我们不相信世界是个梦幻错误，不相信人类的剧烈疼痛是幻觉，不相信我们自己是我们的幻想玩物——却是一种必然性。命运是抗拒自由意志的无穷力量。没有命运的自由意志，就如同没有实体的精神，没有恶的善，是同样不可想象的，因为，有了对立面的事物才有特征。

命运反复宣传这样一个原则：“事情是由事情自己决定的。”如果这是唯一真正的原则，那么人就是在暗中起作用的力量的玩物，他不对自己的错误负责，他没有任何道德差别，他是一根链条上必不可少的一个环节。如果他看不透自己的地位，如果他不在羁绊自己的锁链里猛烈地挣扎，如果他不怀着强烈的兴趣力求搞乱这个世界及其运行机制，那将是非常幸运的！

正像精神只是无限小的物质，善只是恶自身的复杂发展，自由意志也许不过是命运最大的潜在力量。如果我们无限扩大物质这个词的意义，那么，世界史就是物质的历史。因为必定还存在着更高的原则，在更高的原则面前，一切差别无一不汇入一个庞大的统一体；在更高的原则面前，一切都在发展，阶梯状的发展，一切都流向辽阔无边的大海——在那里，世界发展的一切杠杆，重新汇聚到一起，联合起来，融合起来，形成一个整体。

"我"的属性

(捷克) 米兰·昆德拉

在我们这个世界上，每天都要出现越来越多的脸，这些脸也越来越相像了。人如果要证实他的"我"的独特之处，并成功地说服自己，他具有不可模仿的与众不同的地方，这可不是件容易的事。要培植"我"的独特性，有两个方法：加法和减法。有的人减去他的"我"的所有表面和外来的东西，用这种办法来接近他真正的本质（由于不断地减少，他冒着被减成零的危险）。还有的人的方法恰恰相反：为了使他的"我"更加显眼，更加实在，更容易被人抓住，他在他的"我"上面不断地加上新的属性，并尽量让自己与这些属性合二为一（由于不断地增加，他冒着失去他的"我"的本质的危险）。

用增加的办法是相当有趣的，如果一个人在他的"我"上增加的是一条狗，一只猫，一块猪肉，对海洋的爱或者冷水淋浴。不过如果要在他的“我”上增加一种对共产主义、对祖国、对墨索里尼、对天主教会、对无神论、对法西斯主义、对反法西斯主义的激情，那么事情就显得不那么美妙了。在这两种情况下，增加的方法是完全一致的。那个固执地鼓吹猫比任何其他动物都要优越的人，在实际上，他是在做和宣称墨索里尼是意大利唯一大救星的人一样的事情：他在吹嘘他的“我”的一个属性，并竭尽所能来使这一属性（一只猫或者墨索里尼）被他周围所有的人承认和喜爱。

所有想用增加的方法来培植他们的“我”的人都成了不合常情的结果的牺牲品：他们尽力增加，为了创造一个唯一的、难以模仿的“我”，可是同时又变成了这些新增加的属性的宣传员。为了让大多数人和他们相像，他们使出了全力，结果却是，他们来之不易的“我”，很快就烟消云散了。

因此我们可以想想，为什么一个喜爱一只猫（或者墨索里尼）的人对他自己的爱不满足，还要把这种爱强加给别人。

凡是把对墨索里尼的激情当作是他的“我”的一个属性的人，会变成一个政治战士；凡是赞扬猫、音乐或者旧家具的人，会送礼物给他的朋友。

宇宙

（荷兰）斯宾诺莎

现在让我们想象一下，假定有个寄生虫活在血液里，它的视觉相当敏锐，足以区分血的微粒、淋巴微粒等等，并且也有理性，可以观察每一部分在同另一部分相碰撞时，是怎样失去或增加它自己那一部分运动的，等等。这个寄生虫生活在这种血液里，就如同人类生活在宇宙这部分中一样，它将会把血液的每一微粒认做是一个整体，而不是部分，并且无从知道所有的部分是如何被血液的一般本性所支配，彼此之间如何按照血液的一般本性的要求而不得不相互适应，以便相互处于某种和谐的关系中。因为，如果我们想象在血液之外，没有任何原因将新的运动传给血液，血液之外没有空间、没有其他的物体能接收血液微粒的运动，那么血液一定会永远保持它的状态，除了那些可以认为是由于血液对淋巴、乳糜等等的某种运动关系所引起的改变外，血液微粒将无任何别的改变，所以血液就必定总被认为是一个整体，而不是部分。但是既然有许多其他的原因以某种方式支配着血液本性的规律，因而反受血液所控制，所以在血液里也存在有其他的运动和变化，这些运动和变化不仅是由于血液的各部分彼此之间的运动关系所引起，而且也是由于血液的运动关系和外来原因彼此间的运动关系所引起，在这种情况下，血液具有了部分的性质，而不具有整体的性质。此处，我谈的仅仅是整体和部分的关系。

对自然界中的所有物体，我们可以而且也应当用像我们这里考察血液的同样方式来加以考虑。因为自然中的所有物体都被其他物体所围绕，它们相互间被规定以一种确定的方式存在和运作，而在它们的整体中，也就是在整个宇宙中，却保持着同一种运动和静止的模式。因此我们可以推知，每一个物体，就它们以某种限定的方式存在而言，必定被认为是整个宇宙的一部分，与宇宙的整体相一致，并且与其他的部分相联系。因为宇宙的本性并不像血液的本性那样受限制，而是绝对无限的，所以宇宙的各个部分被这种无限力量的本性以无限多的方式所控制，而不得不产生无限多的变化。

听从理智

(俄国) 列夫·托尔斯泰

理智不能被判断，我们也无需判断它，因为我们大家不仅知道它，而且我们所能知道的只有理智。在我们的相互交往中，我们越来越坚信，这种普遍的理智，对于我们所有人来说都同样是必需的，对它的信心要大于一切方面的信心。我们坚信：理智是我们大家、我们这些活着的人结合在一起的唯一基础。我们从一开始就知道理智是第一可靠的，因此，我们之所以知道我们在世界上所知道的一切，正是因为这些为我们所知的东西同已被我们确切知晓了的理智规律相一致。我们知道，而且不可能不知道理智。的确不可能不知道它，因为它正是理性的生命——人不可避免地要遵照它而生活的规律。对人来说，人的理智是人的生命必须按照它才能实现的规律，这一点，同其他事物的规律完全一样。动物按其自身规律生养繁殖，草木按其规律成长开花，地球与其他天体按自身规律旋转运行。而人们从自我之中知晓的规律，作为人的生命规律，同世界上所有外在事物的运动规律完全一样，它们之间只有一点差别：我们在自我之中知晓的规律，是我们自身应当去实行的东西，而外在现象中只有不受我们影响的、按规律自然实现的东西。我们对世界所知道的一切只是被我们看到的，在我们外部的天体、动物、植物、全世界中的一切，都是遵从着理智的。在外部世界中，我们看见了这种对理性规律的服从，我们从自身中知晓的这个规律，就是我们需要实现的东西。

关于生命，最常见的谬误就是把动物性肉体对自己规律的服从看成了人类的生命，这种服从不是我们进行的，而是被我们看见的。同我们的理性意识相联系的动物性肉体的规律，是无意识地在我们动物性躯体中实行的，就像它在树木、晶体、天体中实行的情形一样。但是，我们人的生命规律——动物性肉体对理智的服从——却是我们看不见的，也不可能看见的规律，因为它还没有结束，而只是在我们的生命中不断被我们实现。遵行这个规律，为了获得幸福，让动物性肉体服从理智的规律，这就是我们的生命。不理解人的幸福和生命只在于让动物性肉体服从理性的规律，把动物性肉体的幸福和存在当作我们的整个生命，拒绝做人的生命注定要做的工作，那么，我们就会失去真正的人的幸福和真正的人的生命，而将我们所看见的我们动物性活动的存在去代替真正的生命和幸福的位置，这种存在是不依赖于我们而实行的，因此它不可能是我们的生命。

不同的笑

(捷克) 米兰·昆德拉

那些认为魔鬼是罪恶之徒和天使是善之战士的人是受了天使的蛊惑。显然地，事情不是那么简单。一方面，天使们不是善之徒众，而是神所创造的。另一方面，魔鬼们否认一切上帝的领域里的合理的意义。

如众所周知的，支配世界的两大力量是魔鬼和天使。但世界上善的一方并不是一定要比后者占优势（像我小时候就这么以为）。而只要求在权力上有某种程度的制衡作用。如果这世上有太多无可争论的意义（天使之统治），人们就会被重担压垮；如果这世上失去了所有的意义（魔鬼之统治），生活一样会变得令人无法忍受。如果突然间一些事情失去了它们的既定意义、失去了表面的既定规格（一个在莫斯科受过马克思主义训练的人信上了占星术），那会使我们忍不住要笑的。所以说，

最初的笑是属于魔鬼的范畴。它带着某种程度的不良意识（一些事情的结果与原先所希冀的不符），可是随之而来的也可能是某种程度的解脱（事情本身看起来比外表要松散一些，在处理它们的时候，我们有比较多的自由，我们不会被它们的严重性压得喘不过气来）。

当天使第一次听到魔鬼的笑的时候，他恐慌极了。那是在一群人聚集的餐桌上，一个接一个的天使跟随魔鬼笑了起来，足见笑是很有感染力的。天使知道得很清楚这是对上帝的不敬，是笑他所做的那些神奇的事情。天使知道应该立刻采取行动，但是自己能力有限，苦无对策，只好以牙还牙。天使张开嘴，发出了一声不稳定的、呼吸般的声音，是属于他的声域的高音阶，且赋予相反的意义。如果魔鬼的笑是意味着万事万物的无意义，那么天使的叫则是为世上万事万物之有条理、构想完善、美好和明智而欢呼。魔鬼和天使就那么面对面地站在那儿，张着嘴，两者都发出大同小异的声音，可是本质各异——完全背道而驰。当魔鬼看见天使在笑，于是他笑得更厉害、更大声、更开朗了，因为笑着的天使是无比可笑的。

可笑的笑如大灾难一样不可思议。即使如此，天使们还是从那儿得到了点儿什么。我们被他们的骗局所愚弄，他们模仿的笑和真正的笑（魔鬼的）用了同一个字。现代人不知道原来这两种外表看起来相同的笑是具有截然不同的含义的。是两种不同的笑，可是我们没有不同的字来区别它们。

内　涵

（苏联）邦达列夫

书——这是所有时代、所有民族精神财富的遗嘱执行人，是完美的保存者，这是从人类的童年发给我们的不熄的光源，这是信号和预告，是痛苦和磨难，是笑声和欢乐，乐观和希望，这是意识的最高成就——精神力量高于物质力量的象征。

书——这是对思想发展和哲学流派的认识，是对社会民族历史条件的认识。在各个阶段，这些条件使人们产生了对善、智、教育，和在自由、平等、社会关系的公正旗帜下革命斗争的信心。

以概念范畴进行思维、创造物质、体系和公式的科学能解释、发现和征服许多事物，但按其实质来说，它终究不能研究一样东西——人的感情，不能创造人的形象，而这正是应运而生的文学所做的事情。

科学和艺术，它们是很接近的，它们将要认识及接近的范围就是这个世界里人的潜力。但同时，它们的认识工具不同，要把荷马的《奥德赛》、列夫·托尔斯泰的俄国的“奥德赛”《战争与和平》，或者我们时代的“奥德赛”米哈依尔·肖洛霍夫的《静静的顿河》，阿历克赛·托尔斯泰的《苦难的历程》等包括在一个公式里，就像在发现某个宇宙规律以后科学所能做到的那样，完全是不可思议的。

艺术——这是人类的感受，相互矛盾的情感、愿望、精神的升华和堕落，自我牺牲和勇敢精神，失败和胜利的历史大百科全书。

一个人阅读一本书，就是仔细观察第二生活，就像在镜子深处寻找着自己，寻找着自己思想的答案，不由自主地将别人的命运、别人的勇敢精神与自己的性格特点相比较，感到遗憾、怀疑、懊恼，他会笑、会哭，会同情和参与——这样就开始了书的影响。所有这些，按照托尔斯泰的说法就是“感情的传染”。

几乎在每个人的命运中，印刷的话语都起了无与伦比的作用，最值得遗憾的人就是不曾醉心于一本严肃书籍的人——他抛弃了第二现实和第二经验，因而缩短了自己生命的时日。

与书为友

（英国）斯迈尔斯

想了解一个人，你可以看他读什么样的书，正如看他交什么样的朋友。与书为友如同与人为友，都应找最佳最善的为伴。好书可引为诤友，一如既往，永无改变，两心相伴，其乐陶陶。当我们身陷困境或处于危险，好书决不会幡然变脸。好书与我们亲善相处，年轻时让我们从它那儿汲取乐趣与教诲，到鬓发染霜，则带给我们亲抚和安慰。

同好一书之人，往往可以发现彼此间习性也相近，恰如二人同好一友，彼此间也可引以为友。中国有个成语：“爱屋及乌”，“若引申为“爱人及书”，更不失为一智语。人们的交往若以书为纽带，情谊将更为真挚高尚。对同一作家的钟爱，使人们的所思所感，欣赏与同情，都能交相融会。作家与读者，读者与作家，也能相知相通。英国文艺评论家赫兹利特说：

“书籍深入人心，诗随血液循环。少小所读，至老扰记。书中别人的事，能使我们如同身临其境。无论何地，好书无须倾囊而购，就能得到。而我们的呼吸也会因之充满了书香之气。”

一本好书常可视作生命的最佳归宿，作者一生所思所想的精华尽在其中。对大多数学人而言，他的一生是思想的一生，因此好书是金玉良言与思想光华的总成，令人感铭于心，爱不忍释，成为我们相随的伴侣与慰藉。菲力浦·西德尼爵士说：“与高尚思想相伴者永不孤独。”当诱惑袭来，高尚纯美的思想会像仁慈的天使，翩然降临，一扫杂念，守护心灵。高尚行为的愿望也随之产生。良言善语常激发出畅举嘉行。

书籍具有不朽的本质，在人类所有的奋斗中，唯有书籍最能经受岁月的磨蚀。庙宇与雕像在风雨中颓毁坍塌了，而经典之籍却与世长存。伟大的思想能挣脱时光的束缚，即使是千百年前的真知灼见，时至今日仍新颖如故，熠熠生辉。只要翻动书页，伟人的话就会历历在目，犹如亲闻。时间淘汰了粗劣制品，就文学而言，只有经典明言才能传世。书籍将我们引入一个高尚的社会，在那里，历代圣人贤士群聚，仿佛与我们同处一堂，让我们亲聆教诲，亲见所行，心心相印，欢悦与共，悲哀同历。我们仿佛嗅到他们的气息，成为与他们同时登台的演员，在他们描绘的场景中生活、呼吸。凡真知灼见决不会消逝于当世，书籍记载的精华远播天下，至今为有识之士侧耳聆听。古时先贤的影响，仍融入我们生活的氛围，我们仍能时时感受到逝去已久的人杰们一如当年，活力永存。

书的存在

◎（比利时）乔治·布莱

你去买一只花瓶，放在家里，放在桌子或壁炉上，过一段时间，它就被看熟了。它将成为家里的一位成员。然而它仍然是一只花瓶。相反，请拿起一本书，你会看到它自告奋勇，自己打开自己。依我看，书的这种开放性是一件不寻常的、重要的事情。书绝不自我封闭于它的轮廓之内，它并不是居住在一座堡垒之内。它自身存在，但它更要求存在于自身之外，或者要求你也存在于它的身上。简言之，不同寻常的是，在你与它之间，壁垒倒坍了。

这就是《伊吉图》中那座空屋子里的景象。有一个人进去了，拿起桌子上那本打开的书，开始阅读。随之而来的是墙的消失、物对精神的吸收以及物所显示的奇特的可渗透性。我说过，这和一个人买一只鸟、一条狗、一只猫是一码事，人们看到它们变成了朋友。同样，如果我喜欢我的书，那是因为我在它们身上认出了一些人，他们能回报我给予他们的情感。——然而这就是全部吗？我在读书时所进行的变化仅限于将其提高到活人堆里吗？事情还要走得更远。有一种新的现象发生，我感到很难加以界定。

为此，我必须回到刚才谈的那种境况。一本书在那儿，在一间空屋子里等待着。这时一个人进来了，比方说是我，我翻翻书，开始阅读。就在此时，在眼前这本打开的书之外，我看见大量的语词、形象和观念。我的思想将它们抓住。我意识到我抓在手里的不再是一个简单的物了，甚至不是一个单纯地活着的人，而是一个有理智有意识的人：他的意识与存在于我们遇见的一切人中的那种意识并无区别。但是，在这特别的情况下，他的意识对我是开放的，并使我能将目光直射入他的内部，甚至使我（这真是闻所未闻的特权）能够想他之所想，感他之所感。

我说过，这是一件闻所未闻的事。所谓闻所未闻，首先是我称为物的那种东西的消逝。我拿在手中的书到哪儿去了？它还在那儿，然而同时它又不在了，哪儿也不在了。这个全然为物的物，这个纸做的物，正如有些物是金属的或瓷的一样，这个物不在了，或者至少它现在不在了，只要我在读书。因为书已经不再是一个物质的现实了。它变成了一连串的符号，这些符号开始为它们自己而存在。这种新的存在是在哪儿产生的？肯定不是在纸做的物中。肯定也不在外部空间的某个地方。只有一个地方可以作为符号的存在地点，那就是我的内心深处。

书 房

◎ （法国）蒙 田

我的书房设在塔楼的三层。底层是我的小礼拜堂。第二层设置一个房间，旁边是附属的居室。为了安静，我经常在那里歇息。卧室之上有一个藏衣室，现在已改做书房，从前那是家里最无用的地方。现在我一生的大部分日子，我一天的大部分时光都在那里消磨。晚上我是从来不到那里去的。附于书房之侧的是一个工作室，相当舒适，冬天可以生火。窗户开得挺别致。要不是我担心破费（这种担心使我什么事都做不了），那儿不难建一条长 100 步、宽 12 步的与书房相平的长廊，将各处连结起来，因为全部围墙已经存在，原先是为其他用途而筑的，高度正符合我的要求。隐居之处应该有散步场所，如果我坐下来，我的思路就不会畅通。双腿走动，我的脑子才活跃。凡是不凭书本研究问题的人都是这样的。

书房呈圆形，只有我的桌子和座位处呈扁平面。全部书籍，分五格存放，居高临下地展现在我的面前，在四周围了一圈。书房开有三扇窗户，窗外一望无际，景色绚丽多彩，书房内有一定的空间，直径为 16 步。冬天我去书房不如平时勤，因为我的房子建在山丘上，就像我的名字所指的那样，没有别的房子比它更招风了。我倒喜欢它位置偏僻，不好靠近，无论就做事效果或摆脱他人的骚扰来说都有好处。

书房就是我的王国。我试图实行绝对的统治，使这个小天地不受夫妻、父子、亲友之间来往的影响。在别处，我的权威只停留在口头上，实际并不可靠。有一种人，即使在自己家里，也身不由己，没有可安排自己的地方，甚至无处躲藏。我认为这种人是很可怜的。好大喜功的人，像广场上的雕像一样，无时不爱抛头露面。“位高则身不由己。”他们连个僻静的去处也没有。某些修道院规定永远群居，而且做什么事情众人都得在场。我认为，修士们所过的严格生活，最难熬的要算这一点了。我觉得经常离群索居总比无法孤独自处要好受一点。

如果有谁对我说，单纯为了游乐、消遣而去利用诗神，那是对诗神的大大不敬，说这话的人准不像我那样了解娱乐、游戏和消遣的价值。我禁不住要说，别的一切目的都是可笑的。我过着闲适的日子，也可以说，我不过是在为自己而活着，我的目的仅限于此。少年时候，我学习是为了自我炫耀，后来年岁渐长，是为了追求知识。现在则是为了自娱，而从来不曾抱过谋利的目的。

阅读方式

◘ （法国）安德烈·莫洛亚

坏书对于沉溺性的读者来说，无异于鸦片，使他们深陷于虚幻的境地，逃离了现实世界。这类人对什么书都爱不释手，即便偶尔翻开一本百科全书，谈起水彩画技法的词条也跟读有关火力机械的词条一样有强烈的兴趣。他们独自在房中，径直奔向堆满报刊杂志的桌子，埋头于干巴巴的铅字之间，却从不冷静地想一想，动动脑筋。他们并不注重书中的思想内容和主题，只是一味地读下去，看不出字里行间的现实世界和思想实质。他们绝少从书中获益，对丰富的信息资料，也分不出其价值的高低。他们读书完全是被动的，虽是在看，其实并不理解，不动脑子，更谈不上吸收。

相比之下，娱乐性的阅读还较为积极。爱读小说的人，在书中寻求美的感受、情感的复苏和迸发以及人间难遇的传奇。

对他们来说，读书是一种乐趣；伦理学家和诗人喜欢在书本上重新找出自己过去的观察和感受。对他们，读书也是一种乐趣；最后一种以读书为乐的人，虽是没去研究某一确定的历史阶段，却也能认识到历史进程中，人类的共同苦难。这种娱乐性的阅读是有益的。

最后是工作性阅读。当某项工程设计在头脑中已有一条主线，需要加以完善和补充的时候，人们就到书中找寻所需的某些特定知识和材料。这种工作性阅读，倒不需要惊人的记忆，手里有支铅笔或钢笔就可以了。每本书读过之后，当再想回味一下思想主题的时候，也没必要把整本书重读一遍。请允许我以我个人为例。当我读一本历史书或者其他类似的严肃书籍时，我总要在扉页上记一些概括思想主题的词句，并在后面标好页码。这样，在需要时，我不必重读全书，就可以直接找到想找的地方。

读书，同所有其他工作一样，也有规律可循。首先，最好是熟知一部分作家及作品。而对大部分作家，只做一般性了解。初读一部作品，常常领略不到其精华所在。年轻时，泛舟书海，如同步入尘世一样，应去寻朋觅友。当发现知音，选择、确定之后，就要携手并进。一生中能与蒙田、圣西门、雷斯、巴尔扎克以及普鲁斯特交上朋友，那就很充实了。

为乐趣而阅读

◎ （英国）毛　姆

我所谓的“你”是指那些除了工作以外仍有闲暇的成年人。而且，他们愿意读那些如果没读将是一种损失的好书。我所谓的成年人，并不包括“书虫”在内，“书虫”们会自己寻路，好奇心将引导他们踏上人迹罕至的小径。重新发现已被遗忘的好书，会带给他们莫大的愉快。我想谈的都是真正的杰作，这些书长久以来就被一致公认为了不起的作品。我们大家都被假定为早已读过它们，可悲的是，其实只有很少人真正读过。但也有一些杰作，所有最好的批评家都已予以定评，它们在文学史上也已有了不朽的地位，可是，除了专业人士仍将它们视为经典之作外，今天的大多数人已无法再以享受的心情阅读这些书。时光流逝，鉴赏不同，夺去了它们原有的馥郁，除非有极坚强的意志力，它们实在难以下咽。举例来说：我曾读过乔治·伊利奥特的《亚当·贝德》，但我无法从心底说：我是怀着快乐的心情阅读的，读它多半是出于一种责任感，读完时忍不住出了一声舒畅的长叹。

对于这一类书，我无话可说。每个人都是他自己最好的批评者。不论学者们对一本书的评价如何，纵然他们众口一致地加以称赞，如果它不能真正引起你的兴趣，对你而言，仍然毫无作用。别忘了批评家也会犯错，批评史上的许多大错误往往出自著名批评家之手。你正在阅读的书，对于你的意义，只有你自己才是最好的裁判。这道理同样适用于专家推荐给你的书。每个人的看法都不会与别人完全相同，最多只有某种程度的相似而已。如果认为对我具有重大意义的书，也该丝毫不差的对你具有同样的意义，那真毫无道理。虽然，阅读这些书使我更觉富足，没有读过这些书，我一定不会成为今天的我，但我仍然请求你：如果你读了之后，觉得它们不合胃口，那么，请就此搁下，除非你能真正享受它们，否则毫无用处。没有人必须尽义务地去读诗、小说或其他可归入纯文学类的各种作品。你只该为乐趣而读，试问谁能要求那使某人快乐的事物一定也要使别人觉得快乐呢？

有限的知识

◎ （意大利）伽利略

他兴致勃勃地走进一家酒店，以为能看到某人在用弓轻轻触动小提琴的弦，但看见的却是有个人正用指尖敲着一只杯子的杯口，使它发出清脆的响声。可当他后来观察到，黄蜂、蚊子与苍蝇不是像鸟雀那样，靠气息发出断续的啼叫声，而是靠翅膀的快速振动，发出一种不间断的嗡嗡声时，与其说他的好奇心越发强烈了，毋宁说他在如何产生声音的学问方面变得蒙昧了，因为他的全部阅历都不足以使他理解或相信：蟋蟀尽管不会飞，却能用振翅而非气息发出那样和谐且响亮的声音。此后，当他以为除了上述发声方式之外，几乎已不可能另有它法时，他又知道了各式各样的风琴、喇叭、笛子和弦乐器，种类繁多，直到那种含在嘴里、以口腔为共鸣体、以气息为声音媒介物的奇特方式而吹奏的铁簧片。这时他以为自己无所不晓

了，可等他捉到一只蝉后，却又陷入了前所未有的无知和愕然之中：无论堵住蝉口还是按住蝉翅，他都无法减弱蝉那极其尖锐的鸣叫声，而不见蝉颤动躯壳或其他什么部位。他将蝉翻转过来，看见它的胸部下方有几片硬而薄的软骨，以为响声发自软骨的振动，就将它折断，以止住蝉鸣。但是一切终归徒然。直到他用针刺透了蝉壳，也没有让蝉及其声音窒息。最后，他依然未能断定，那鸣声是否发自软骨。从此，他感到自己的知识太贫乏了，问他声音是如何产生的，他坦率地说知道某些方法，但他笃信还会有上百种人所不知的、难以想象的方法。

我还可以试举另外许多例子，来阐释大自然在生成其事物时的丰富性，那些方式在感觉与经验尚未向我们启示之前，是我们无法设想的，经验有时仍不足以弥补我们的无能。因此，倘若我不能准确地断定彗星的成因，那么我是应当受到宽宥的，况且我从未声言能够做到这一点，因为我懂得它会以某种不同于任何我们臆想的方式形成。对于被握在我们手心的蝉，我们都难以弄明白它的鸣声来自何处，因而对于处在遥远天际的彗星，不了解其成因何在，更应予以谅解了。

失去人性的学问

（日本）池田大作

可以认为，现代的学问企图将一切事物都加以科学分析，而忘却了人性这最重要的东西。我认为，所谓人类，就是依靠思想形成理念，设定理想，并为这个理想进行努力的客观存在。人类的高贵就体现在这里。当然，在现实中，某事如何如何之类的分析和真伪的判断也是非常重要的。但是，进行分析和判断，就要预测某事如何如何，这就包含了理想，而要实现理想，就要树立应该怎么做的判断基准，为此，分析和判断又是非常必要的。我认为，人类既有追求理想的一面，又有重视现实的一面，两方面都具备才是中庸之道，才是正确的思想方法。

学问是为人类的需要而存在的，如今，我们被迫忘记了这个不说自明的道理。其根本原因是：本来学问是从“人”出发的，而在当今社会，人们已不再好好学习这个学问的基础，而一味追求最新的成果。人们之所以会采取这种做学问的态度，归根结底，是由于一切一切的基本点——“人的观念”没有确立。当然，所有从事专业的人们是不会存心忘记“人”的，但是，由于没有一个能抓住人类整体形象的尺度，不知不觉，就会把自己专业领域的方法当作看待人类的基本尺度了，这样，现代的悲剧就发生了。政治也好，经济也好，科学也好，凡是和人类自身有关的学问，可以说，在今天这个时代都是必需的。

忘却活的现实而大发议论，容易流于繁琐的讲话和注释。当然，仔细考证文献也是很重要的工作，但不要忘记其中的根本精神，并且要设法将这一根本精神在现实世界中化为实践。这才是研究一切学问、思想的正确方法。

在一切观点的根本之处，我们必须紧紧盯住“人”的存在，必须掌握深刻理解人的重要性的价值观。面对那些忘却“人”的思想和运动，不管它们在形式上多么符合逻辑，也不管它们用多么庞大的体系来装饰自己，我们都要具备一双不被迷惑的眼睛。

认识能力

◎ （德国）康 德

认识能力的缺陷要么是心灵软弱，要么是心灵病态。就认识能力而言，灵魂的疾病主要可以概括为两类，一是忧郁症（疑病），一是精神失常（躁狂症）。前一种病人似乎意识到，他的思想活动进行得不正常是因为他的理性不具有足够的力量控制自己去调节思路，去终止或推动它。在他心里一会儿是高兴，一会儿是忧伤，脾气的变幻就像他不得不忍受的天气一样。后一种疾病是思想的一种任意活动，它有自己的（主观的）规则，但这个规则却与那些和经验法则相符合的（客观的）规则背道而驰。

头脑简单的人、不聪明的人、笨蛋、愚妄之徒、傻瓜和呆子，他们不仅在程度上，而且在心灵紊乱的质上也与精神失常的人不同，他们还不至于因为自己的缺陷进入疯人院。在疯人院里，一个人即使在年龄上已达到成熟和强壮，却在最起码的生活事务上不得不由外来的理性料理。带有激情的癫狂是狂气，它往往能够自发地、不由自主地迸发出来，而且是在诗兴结合着天才时才产生。这样一种一方面更加敏捷另方面却毫无规则的意象之流的汹涌，当它与理性汇合时就被称为迷狂。在同一个不可能实现的意向上愁肠百结，例如在丧失爱人时，从痛苦中寻求安慰，这是抑郁狂。迷信类似于癫狂，而迷狂则类似于狂想症。后面这种精神病态尽管叫做性格乖僻，往往也被(说得温和些）称为过度兴奋。

发烧时的胡言乱语，或者是，有时候仅仅是由于凝视一个发狂的人，而由强烈的想象力的交感所触发起来的那种癫痫病的狂暴发作（因此必须不让那些神经过敏的人把他们的好奇心延伸到这种患者的禁闭室），这些都只是暂时的，还不能被看作是精神错乱。但人们称之为性情乖张（并非心灵病态，因为通常把这理解为内部感官的抑郁乖戾）的，多半是人的一种近乎癫狂的高傲自大，这种人无理要求别人在把自己和他相比较时应该感到自卑，而这恰好与他本来的意图相违背，因为刺激他产生这种意图的是他的自命不凡，这意图在一切可能形式下受到破坏，遭到压制，而他的冒犯人的愚蠢只不过招来嘲笑。较轻微一些的是这样来表达一个人自己所独有的某种怪念头：一种本应是人所共知的道理却在任何聪明人那里得不到赏识。

面对孩子们

◎（法国）卢梭

人们时常争论这个问题：是趁早为孩子们讲明他们感到稀奇的事情呢，还是另外拿一些小小的事情将他们敷衍过去，现在我已经找到了解决这个问题的办法。我认为，人们的两种办法都不能用。首先，我们不给他们以机会，他们就不会产生好奇心。因此，要尽可能使他们不产生好奇心；其次，当你遇到一些并不是非解答不可的问题时，你不可随便欺骗提问题的人，你宁可不许他问，也不应向他说一番谎话。你按照这个法则做，他是不会感到奇怪的，如果你已经在一些不重要的事情上使他服从了这个法则的话；最后，如果你决定回答他的问题，那就不管他问什么问题，你都要尽量答得简单，话中不可带有不可思议和模糊的意味，而且不可发笑。满足孩子的好奇心，比引起他的好奇心所造成的危害要少得多。

你所做的回答一定要很慎重、简短和肯定，不能有丝毫犹豫不决的口气。同时，你所回答的话，一定要很真实，这一点，我用不着说了。成年人如果意识不到对孩子撒谎的危害，就不能教育孩子知道对大人撒谎的危害。做老师的只要有一次向学生撒谎撒漏了底，就可能使他的全部教育成果毁灭。

某些事情绝对不能让孩子们知道，对他们来说也许是最好不过的。但不可能永远隐瞒他们的事情，就应当趁早告诉他们。要么就别让他们产生好奇心，否则就必须满足他们的好奇心，以免他们达到一定的年龄后，受到自己好奇心的危害。关于这一点，你在很大的程度上要看孩子的特殊情况以及他周围的人和你预计到他将要遇到的环境等等来决定你对他的方法。重要的是，这时候在任何事情上都不能凭偶然的情形办事，如果你没有把握使他在 16 岁以前不知道两性的区别，那就干脆让他在 10 岁以前知道这种区别好了。

我不喜欢人们装模作样地对孩子们说一套一本正经的话。也不喜欢大家为了不说出真情实况转弯抹角，因为这样反而会使他们发现你是在那里兜着圈子说瞎话。在这些问题上，态度要十分朴实。不过，他那沾染了恶习的想象力，使耳朵也尖起来了，硬是要不断地推敲你所说的话。所以，话说得粗一点，没有什么关系，应该避免的是色情的观念。

知识的来处

（美国）艾尔文·潘诺夫斯基

那时教我拉丁文的教员是历史学家西奥多·莫姆森的朋友，他本人也是最受人尊敬的西塞罗专家。教我希腊文的教师是《柏林语文周刊》的编辑。我永远不会忘记这位可爱的学究式的老师向我们这些15岁的孩子们道歉的情景。他为忽略了柏拉图一段对话中的一个逗点向我们道歉说：“这是我的错误，对此我在20年前已经写了一篇文章，现在我们必须再重新翻译一次。”这位先生的对手，一位爱拉斯谟式的智慧渊博的人，他担任我们的历史教员，那时我们是初中生，他自我介绍说：“先生们，在这一学年，我们将试图理解所谓中世纪发生的事情。我认为你们已经长大了，能够使用书本了。”

正是大量的这种细小的经历才构成了教育。这种教育应当开始得越早越好，那时的记忆力比以后任何时候都强。我认为，不仅在教育方法上如此，在教育内容上也应如此。我绝不相信，只能把儿童或青少年可以完全理解的东西教给他们。相反，那些似懂非懂的短语，熟悉又不熟悉的名字、似理解又不理解的诗句是根据声音和韵律而不是根据其含义记忆的。这些东西贮存在记忆中，抓住了想象力，三四十年以后，当他看到根据奥维德的《岁时记》创作的一幅绘画或一张表现了《伊利亚特》暗示出的主题时，它们就会突然闪现出来，就像饱和的连二亚硫酸盐溶液受到振动，突然结成了晶体一样。

如果美国的某个大基金会真正有兴趣为人文主义做些事情，那么，它可以建立许多模范中学，这些学校拥有充足的资金，享有威望，能够吸引与大专院校教师具有同等水平的教师，而且能吸引那些准备投考教育家认为既是标准过高的，又是无益的学府的学生们。但是，众所周知，这种投资机会是很渺茫的。

然而，除去这些显然是无法解决的中等教育问题之外，移居美国的人文主义者，回顾近20年的发展，是没有理由气馁的。根植于一个国家或一个大陆的传统是不能也不应该移植的。但是，对这些传统可以进行异花授粉，而且，人们可以看到，这种异花授粉的工作已经开始，并取得了进展。

高等教育

◎ （英国）罗 素

现代高等教育的缺陷之一，是变得太侧重于某些技能的培训，而没有教会人们用客观的眼光去看待世界，以便极大地拓展人类思维和心灵的空间。举例说，你全副身心地参与到政治斗争中去，并且拼命工作以便为自己的党派赢得胜利。这当然不失为一件好事。然而在斗争的过程中可能会出现某种机会，它使你觉得运用了某些在世界上增加仇恨、暴力和猜疑的方法，就能取得胜利。比如，你发现取得胜利的最佳途径是去欺辱他国。如果你心中的视野仅仅局限于当前利益，或者你已经接受了效率至上的学说，你就会采取这种令人起疑的手段。依赖这些手段，目前你可能取得计划中的胜利，而未来的结局很可能是一败涂地。反之，如果在你的头脑中装满了人类的过去，人类从野蛮状态进化出来的缓慢而片面的过程，以及与天文年龄相比之下人类的短暂存在——我想，这些思想已经变成了你的习惯性感受，那么你将认识到，你所从事的暂时斗争，其重要性决不至于值得我们去冒如此之大的危险，以至于有可能重新退回到我们奋斗至今才得以慢慢伸出头来的黑暗中去。同时，你还能承受住眼下的失败，因为你知道失败只是暂时的，这样你就不会愿意使用那些卑鄙无耻的武器了。在你当下的活动之上，你应当具有某些虽然遥不可及，但却会渐渐清晰起来的目标，在这些目标中，你不是孤独的个人，而是引导人类走向文明生活的大军中的一员。如果你拥有了这种想法，那么某种伟大的幸福就会永远伴随着你，而不管你个人的命运如何。生命将变成与历代伟人共享的圣餐，而个人的死亡只不过是首小小的插曲。如果我有权按照我的意愿去开展高等教育的话，我将废除陈旧的正统宗教——它只迎合少数最不聪明、最厌恶进步的青年的胃口——建立一种很难再被称做宗教的东西，因为它只注重已知的事实。我将尽量让青年人清楚地了解过去，清楚地认识到人类的未来很可能比她的过去更为长久，深深地意识到我们所居住的地球的渺小，意识到这星球上的生活实在不过是昙花一现而已。在摆明这些强调个人渺小的事实的同时，我还将摆出另一组事实，使青年人从内心里感受到个人可以达到的那种伟大，认识到在这广袤无垠的宇宙中，我们还不了解另外有什么同等价值的东西。很久以前，斯宾诺莎就已阐述过人类的局限和自由，但他用的形式和语言使得一般人——除了哲学专业的学生以外——对他的思想难以领悟。

培养独立的人

◘ （德国）爱因斯坦

在教育学领域中，我是个半外行，除了个人经验和个人信念以外，我的意见没有别的基础。那么我究竟是凭着什么而有胆量发表这些意见呢？如果这真是一个科学的问题，人们也许就因为这样一些考虑而不想讲话了。

但是对于能动的人类事务而言，情况就不同了，在这里，单靠真理的知识是不够的，相反，如果要不失掉这种知识，人们必须以不断的努力来使它经常更新。它像一座矗立在沙漠上的大理石像，随时都有被流沙掩埋的危险。为了使它永远在阳光照耀之下，必须不断地勤加拂拭和维护。我愿意为这项工作而努力。

学校向来是将传统的财富从一代传到一代的最重要机构。同过去相比，今天更是这样。由于现代经济生活的发展，家庭作为传统和教育的承担者，已经削弱了。因此比起以前来，人类社会的延续和健全要在更高程度上依靠学校。

有时，人们将学校简单地看作一种工具，靠它来把大量的知识传授给成长中的一代。但这种看法是不正确的。知识是死的，而学校却要为活人服务。它应当在青年人中发展那些有益于公共福利的品质和才能。但这并不意味着应当消灭个性，使个人变成社会的工具，像一只蜜蜂或蚂蚁那样。因为由没有个人独创性和个人志愿的统一规格的人所组成的社会，将是一个没有发展可能的不幸的社会。相反，学校的目标应当是培养独立工作和独立思考的人，这些人把为社会服务看作自己最崇高的人生目的。就我所能作判断的范围来说，英国学校的制度最接近于这种理想的实现。

但是人们应当怎样努力才能达到这种理想呢？是不是要用讲道理来实现这个目标呢？完全不是。言辞永远是空的，而且通向毁灭的道路总是和奢谈理想联系在一起的。但是人格绝不是靠所听到的和所说出来的言语而是靠劳动和行动形成的。

因此，最重要的教育方法是鼓励学生去实际行动。刚入学的儿童第一次学写字是如此，大学毕业写论文也是如此，简单地默记一首诗，写一篇作文，解释和翻译一段课文，解一道数学题，或在体育运动的实践中，都是如此。

一个任务

◎ （挪威）易卜生

我所经历过的，鼓舞过我的，是什么呢？这个天地是广阔的，鼓舞过我的，有的只是在偶然的、最顺利的时刻活跃在我的心间，那是一种伟大的、美丽的东西。可以说，它高于日常的自我，我之所以受鼓舞，是因为我要正视它，要让它变成我的一部分。

可是，我也被相反的东西鼓舞过，反省起来，那是我自己天性中的渣滓沉淀。在这种情形下，创作好比洗澡，洗完之后我感到更清洁、更健康、更舒畅。是的，先生们，一个人如果自己不是在某种程度上（至少有的时候是这样）做过模特儿，那么，他是无法写出诗意来的。我们之中有没有这样的人：他心里不时感到并且意识到，自己的言语与行动、意愿与责任、实践与理论之间发生矛盾？换句话说，我们之中有没有这样的人：他并没有，至少有的时候没有，满足于利己，却又半自觉、半好心地向他人、向自己掩饰自己的行为？

我相信，我向你们做学生的说这番话，是找到了合适的听众。你们能明白我这番话的意思。学生的任务实际上与诗人的任务相同：为自己，也是为他人，弄清楚他所处的那个时代和社会里所发生的暂时性和永久性问题。

在这方面，我敢说自己在国外期间努力想做一个好学生。诗人应当生来就有远大的眼光，我从来没有像我远离祖国的时候，将祖国看得那么充分，那么清楚，而又那么亲切。

我亲爱的同胞们，最后我想讲一点我所经历过的事情。当裘立安国王临近他生命终点的时候，他周围的一切都垮了，使他这么伤心的原因是，他想到他所得到的只是这么一点：头脑清醒冷静的人将怀着敬佩的心情惦记着他，而他的对手们却生活下去，受到人们热情的爱戴。这种思想是我许多经历的结果，起因在于我孤寂时扪心自问的一个问题。今天晚上，挪威的年轻人到这里来探望我，以言语和行为给了我回答，这个回答比我原来想听到的更为热烈，更为清楚。我将把这个回答看成我回国拜访同胞的最丰硕的收获，我希望，我相信，我今天晚上的经验也将是我要去“经历”的经验，并且会反映到我的作品中去。如果真是那样，如果我将来寄回这么一本书来，那么，我请求大家在接受它的时候把它看成我对今晚会见的握手和感谢。我请求你们在接受它的时候，要想到你们也参与了这本书的创作。

青年的成长

◎ （英国）罗 素

只要有可能，那些发现自己与周围环境不相适应的年轻人，在选择自己的职业时，应该努力选择一种能给他们寻找志同道合的伙伴提供机会的工作，哪怕这种选择会给自己的收入带来很大的损失。他们常常很少知道这样做是可行的，因为他们对世界的了解非常褊狭，并且极易想象，他们在这里已经习惯了的这种偏见，全世界到处都有。在这方面，老一辈的人可以给年轻人很多指导，因为这需要相当多的社会阅历。在如今这个心理分析的时代，人们很习惯于假定，任何一个年轻人，他之所以与他的环境不相协调，是因为某种程度的心理紊乱。我认为这完全是错误的。举例来说，有个相信达尔文的年轻人，他的父母认为进化论是邪恶的，在这种情况下，使他失去父母同情的唯一原因只是知识问题。不错，一个人与环境不相和谐一致是不幸的，但是这种不幸并不一定值得花一切代

价去加以避免。当这一环境充满了愚昧、偏见和残忍时，与它的不和谐反而是一种优点。从某种程度上看，几乎所有的环境下都会产生上述情况。伽利略和开普勒有过“危险的思想”（在日本是这么说的），我们时代最有才华的人也是如此。以为社会意识应该变得如此强大，如此发展，以至于使得那些叛逆者对由他们的思想所激怒的社会普遍敌视态度表示恐惧，是不可取的。真正可取的是：找到一些方法，使这种敌视态度尽可能得到减弱，尽可能失去其影响。在今天，这一问题主要存在于青年人那儿。如果一个人处在合适的职业和环境中，他很可能会摆脱社会的迫害。但是在他还年轻的时候，在他的优点还没有经过考验的时候，他往往处于那些无知者的掌握中。这些无知者自以为能够对那些一无所知的事情做出判断，但是，当他们知道一个乳臭未干的小子竟然比自己这些阅历广泛、经验丰富的人懂的还要多时，不禁怒从心起。许多最后摆脱了这些无知者的独断专横的年轻人，经过长期的艰苦抗争和精神压抑后，感到痛苦失望，精神大受挫折。有这样一种颇为轻松的说法：似乎天才注定会成功，根据这种观点，对年轻人的能力的迫害仿佛不会造成多大的危害。但是我无论如何都没有充分的理由接受这种说法。这就像那种说杀人者必露马脚的观点一样。很显然，我们知道的所有杀人者都是已经被发现了的。但是谁知道到底还有多少杀人者没有被人发现？同样，我们所到的那些天才都是在战胜重重困难之后才获得成功的，但是没有理由说，许多天才并不是在青年时期夭折消失的。

需要形而上学

◎（美国）理查德·泰勒

智慧有什么了不起？假如它不能满足我们深切的渴望，例如渴望自由，渴望敬神，渴望延长寿命等等，它还有什么价值呢？为什么还值得去追求呢？

智慧给予人的报酬，从消极方面来说，首先是使人免受无数假货的欺骗，那些假货不断被制造出来，不停地向头脑简单的人兜售，通常总会获得惊人的成功，它从不缺少顾客。但智慧使我们避开那些并不比脚底的石头更有价值的闪闪发光的珠宝、摆设、诺言、教义和信条。蠢人只要稍受引诱，就会紧紧抓住一切貌似珍贵的东西，以图满足他由贪婪与角逐等邪念支配的大脑所产生的种种欲望，而不管这些欲望何等愚蠢、讨厌和有害。许多人为了满足被人爱的深切需要，会因为简单的一句话，而觉得自己已被感化并改变了性格。这类奉承话所直接产生的信念，被不加批判地当作真实可靠的象征。其实，它们只不过表明了一种需要，即必须设法用一切办法予以满足的一种需要。又如，许多人能够随意地、甚至不知不觉地排除对于自身不可避免的死亡的恐惧，并抹杀这个客观事实。只需向他们提示一下古典著作、宗教书籍甚至一个机灵的传教士的简单演说中所允诺的某些东西，就能使他们得到安慰。于是，那种歪曲一切事物、颠倒整个世界的宗教信仰，就这样充当了廉价的形而上学。这种形而上学，并不属于穷人，而是属于那些精神空虚、缺乏智慧的人，甚至包括某些陶醉于世界声誉的人。像这种用空洞的说教来取代思维的宗教，并不属于那些具有形而上学头脑的人，也不属于那些热爱上帝与自然，同时把自己看作上帝及自然的造物而自爱的人们。

许多人在白日梦中度过自己的一生，在那里，对每一个形而上学问题的每一种回答，无非是对空中楼阁各个房间的装饰。一切都是他们头脑的产物，或者更糟些，是他们需要的产物。这是一种虚无缥缈的梦，因为除了幻觉之外什么也没产生出来。这类空想不是形而上学，而只是形而上学的代用品。它们再次说明，一个人只有在获得这种代用品时才不需要形而上学，不论这种代用品是多么不切实际。这正是人们非常需要形而上学的证据。

榕树的语言

◎ （印度）泰戈尔

我的窗前是一条红土路。

路上辚辚地移动着载货的牛车，绍塔尔族姑娘头顶着一大捆稻草去赶集，傍晚归来，身后甩下一大串银铃般的笑声。

而今我的思绪并不在人走的路上驰骋。

我一生中，为各种难题愁闷的、为各种目标奋斗的年月，已经埋入往昔。如今身体欠佳、心情淡泊。

大海表面波涛汹涌，但在安置地球卧榻的幽深的底层，暗流把一切搅得混沌不清。当波浪平息，可见与不可见，表面与底层处于充分和谐的状态时，大海是平静的。

同样，我拼搏的心灵憩息时，我在心灵深处获得的是宇宙元初的乐土。

在行路的日子里，我无暇关注路边的榕树，而今我弃路回到窗前，开始和他接触。

他凝视着我的脸，心中好像非常着急，仿佛在说，“你理解我吗?”

“我理解，理解你的一切。”我宽慰他，“你不必那么焦急。”

宁静恢复了片刻，等我再度打量他时，他显得越发焦灼，碧绿的叶片飒飒摇颤，灼灼闪光。

我试图让他安静下来，说：“是的，是这样，我是你的游伴。千百年来，在泥土的游戏室里，我和你一样，一口一口地吮吸阳光，分享大地甘美的乳汁。”

我听见他中间陡然起风的声响。他开口说：“你说得对。”

在我心脏血液的流动中回荡的语音，在光影中无声地旋转的音籁，化为绿叶的沙沙声，传到我的身边。这声音是宇宙的官方语言。

它的基调是：我在，我在，我们同在。

那是莫大的欢乐，在那欢乐中宇宙的原子、分子瑟瑟颤抖。今天，我和榕树操同一种语言，表达心头的喜悦之情。

他问我：“你果真回来了?”

“哦，挚友，我回来了。”我即刻回答。

于是，我们有节奏地鼓掌，欢呼着“我在，我在”。

智　慧

◎（古罗马）塞涅卡

有一种人由于饥饿的缘故学会了某些前所未闻的职业，一旦让这种人知道了你的住处，进了家门，那你就是让人来调整你走路的姿势，让人来看你吃饭的时候如何动嘴。这情况会一直继续下去，直到你不能再容忍他们的行为，不能再轻信他们的诉说，使他们不敢再这样大胆无耻。事情的正常进展总是先通过各个容易的阶段，逐渐达到高级阶段的，所以即使陷入争吵的人们，开始的时候也是用商量的口气说话，只是后来才声振云霄的。绝没有人一开始就慷慨激昂地呼吁“所有真诚的罗马人的帮助和支援”……在这里，我们的目的不是进行发声训练，而是通过它训练我们自己的心灵。

因此，我使你减少了一个不小的麻烦。我在给你的这些恩惠上添加下面这个小小的贡献，即再赠你一句著名的希腊格言吧："傻瓜的生活缺少感激，充满忧虑，因为它完全集中于未来。"你认为怎样的生活是"傻瓜的生活"呢？是我们自己的生活。我们受着欲望的驱使，盲目地投入各种活动，而这些活动很可能对我们造成损害，却肯定不能带给我们满足——如果能够使我们感到满足，那我们现在就该是很满足的了。决不要以为什么也不要求就是快乐，没有一点财产就极其令人满意。所以要经常回顾一下你已取得了的成就，想起那些跑到你前面去的人时，要同时想到落后于你的人。如果你想在神灵和你的生活都受到关注的地方得到赏识，那你就要想一想，你究竟比多少人卓越。当你已经超越自身时，又何必去管他人呢？你要为自己规定一个你想超越也超越不了的界限，要最后告别各种欺骗性的奖赏。这种奖赏对于希望得到它的人来说，是比已经得到它的人更为宝贵的，要是其中有什么实在的东西，它们就会迟早给你带来充实感，可事实上它们仅仅是加剧希望得到它们的人的渴求之情。抛开一切浮华的只能用来炫耀和显示的东西吧。谈到未来的尚不确定的命运，为什么我只要求命运给我这个那个，而不要求自己不去要求这些东西呢？我究竟为什么要这些东西呢？是因为我完全忘记了人类意志薄弱的品性而企图将这些东西积蓄起来吧！我劳作的目的是什么呢？

英雄崇拜

◎ （英国）卡莱尔

在这个世界上，一个能自立、有创见、真诚的人，无疑绝对会崇敬和信仰别人的真理！他只会倾向于和觉得有必要怀疑别人的僵死公式、传闻和谎言，并且非要怀疑不可。这种人是睁开双眼拥抱真理的。他之所以拥抱真理，是因为他睁开了眼睛，假使他必须闭上眼，他还能爱他那真理的大师吗？只要怀有一颗无限感激和真正忠诚的心灵，他就会爱戴那位从黑暗中给他送来光明的英雄大师。这不就是值得所有人崇敬的真正英雄、降魔伏怪的人吗？虚伪是我们在这个世界中的共同敌人，它也要匍匐拜倒于他的勇敢之下。正是他为我们征服了世界！——由此看来，路德不就是被当作一位真正的教皇或精神圣父而备受尊崇吗？拿破仑不就是在急进共和主义者声势浩大的造反中，当上了皇帝吗？英雄崇拜从来没有消失，而且也不可能消失。在这个世界上，忠诚与统治都是永恒的：它们不是基于外表和虚伪之上，而是建立在真实和真诚的基础之上。不是蒙上你们的眼睛，剥夺你们“自我裁决”的权利，绝不是，而是要你们睁大双眼观察事物！路德的福音是要废黜取消一切虚伪的教皇和君主，致力于迎接真正的新教皇和新君主，虽然他们的到来还遥遥无期。

所以，我们应该把所有的自由、平等、选举权、独立等等，都看作是一种暂时的现象绝非是最终的结果。虽然这种现象会延续一个较长的时期，会给我们带来不少令人悲痛的纷扰，但我们却必须欢迎它，将它看作是对以往种种罪恶的惩罚，看做是即将到来的无可估量的利益的先兆。无论在哪一方面，人们都应该放弃幻影，返回到事实，不管代价多大，都应这样去做。有骗人的教皇和没有自我裁决能力的信徒存在——装模作样的骗子统治了那些傻子，我们又能有何作为？只剩下了痛苦与奸诈。你无法让虚伪的人们联合起来，没有测锤和水平尺相辅量出直角，你就不能够建起一座大厦！在以新教为先河的一切暴烈的革命运动中，我看到有一种最神圣的结果正在酝酿：不是要废止英雄崇拜，恰恰相反，是要建成一个完整的英雄世界。既然英雄的含义就是真诚者，那么我们每一个人为什么不可以都成为英雄呢？那将是一个完全真诚的世界，一个有信仰的世界，这样的世界过去有过，现在又将重新来临——不可阻挡地来临。那才是真正的英雄崇拜者：他们全都是真和善的，绝对不可能有比受到他们的尊敬更好的了！

探索者

◘ （英国）劳伦斯

人生就是不断在意识领域冒险的过程。云柱和火柱、昼与夜轮番在人面前穿过时间的荒野，直到人开始向自己一次次地撒谎。然后，谎言就走在人的前头，就像蚂蚁头上顶着的胡萝卜。

在人的意识里有两种知识：一是他自己告诫自己的，一是他自己发现的。前者往往令人欣悦，是自欺欺人的谎言，而后者，则通常连开个头都很难。

人是思想的探索者。当然，我们这儿所说的思想，是指发现，而不是那种自欺欺人，以陈腐的事实来蒙骗自己，得出的错误结论。人们往往将后者当成思想，而其实，思想是一种冒险，不是耍小聪明。

当然，我们所说的是人全部的探险，不只是他的智慧。正因为如此，人不能完全笃信康德或斯宾诺莎。康德用他的大脑和灵魂思考，从来不用热血思考。其实，人体的热血也同样在思考，在暗中沉郁地思考，在欲望和冲动中思考，得出奇特的结论。我的大脑和灵魂得出结论：只要人人互爱，这世界就会尽善尽美。可是，我的热血却断定这是胡说，并发现这噱头的说法令人恶心。我的热血告诉我，世界上并没有什么完美之类的东西，唯有在日见其危的时间深谷里进行的没完没了的探索，对意识的探索。

人发现大脑和灵魂将他引入了歧途。我们跟随灵魂，相信它宣扬的所谓完美之类的反话，我们聆听大脑的胡诌，例如只要我们消灭这顽固而讨厌的血肉之躯，就可以使一切变得完美。久而久之，我们偏离了正常的轨道。

我们不无伤心地偏离了轨道，情绪很坏，犹如迷途者。我们只好自我解嘲："我才不在乎呢，一切都靠命运安排。"

命运并不能解决问题。人是思想的探索者，只有思想方面的探索能使人找到新的出路。

希　望

◎（苏联）邦达列夫

机械般的现代文明无论走过了多么虚假的曲线，无论它是如何企图以物质偷换人们的灵魂，以种种廉价的快乐的小玩意儿暗中替换道德，但最主要的一点依然未变——这就是伟大而简单的生之原理。

想象一下那毫无生命气息的、空荡荡的地球，它立即失去了意义。它为什么而存在？它为谁而存在？有谁需要它的森林、草原、河流和田野？如果没有人类，所有这一切连同存在着的美都将变为不必要的、无用的、死亡的东西。只有人类才使宇宙结构获得了意义和目的。

人类现在是前所未有地被分隔开来了，但它却是被一个事物联结在一起——那就是所有的人共有的地球。因为在我们力所能及和认识能达到的范围里，没有第二个地球，没有类似的第二种生命。有时听到某些喜欢空洞叫喊的哲学家兴高采烈地宣告我们即将征服宇宙，征服太阳系的各星球以建立新的生活，我就感到很奇怪。要建立什么样的生活？为什么？难道在地球上就那么拥挤吗？

各式各样的“征服”最终是反人类的，因为它要破坏自然的、生存所必需的一切：水、空气和星球本身。

在19世纪曾有人发现，某个彗星将会擦及地球，那时地球将会被整个翻转过来，毒气蒸发，半小时内人们就将没有空气可呼吸，这就是人类历史的终点。可现在问题不在于彗星，而在于原子战争的威胁。这种战争能把我们的星球变为一粒死沙，飘扬在没有生命气息的宇宙空间。今天我们每一个地球上的居民已经分摊到10吨炸药和以百万计的爆炸品，这是何等的疯狂！对于唯一的、脆弱的人类生命来说，这不是太多了吗！人类的未来系于千钧一发。今天，通向希望的钥匙还没有完全失落，明天却可能会丧失。但我们毕竟是怀着希望而生活着，怀着希望在地球上行走，我们同时也满怀希望地相爱、高兴、痛苦、生儿育女、行善行恶、嫉妒、谩骂、建设，并且期望着未来，相信着人类。

在我写作一部描述我们今天忧虑不安生活的小说时，我想到的就是这一希望，我不相信虚伪的乐观，而相信理智，相信健康的思想，相信人类的互相凝聚，而不是疏远。

走入梦想

◘ （美国）亨利·梭罗

一个比较清醒的人将发现自己“正式违抗”所谓“社会最神圣法律”的次数太多了，因为他服从一些更加神圣的法律，他并非故意这样做，这测验了他自己的决心。其实他不必对社会采取这样的态度，他只要保持原来的态度，仅仅服从他自己的法则，如果他能碰到一个公正的政府，他这样做是不会和它抵触的。

我离开森林，就如同我进入森林，有一样的好理由。我觉得也许还有好几个生命可过，我不必把更多时间交给这种生命。惊人的是我们很容易糊里糊涂习惯于一种生活，踏出自己的一定轨迹。在那儿住不到一星期，我的脚就踏出了一条小径，从门口一直通到湖滨，距今不觉五六年了，这小径依然在。是的，我想是别人也走了这条小径了，所以它还在通行。

大地的表面是柔软的，人脚留下了痕迹。同样的是，心灵的行程也留下了路线。想想人世的公路如何被践踏得尘埃蔽天，传统和习俗形成了多么深的车辙！我不愿坐在船舱里，宁肯站在世界的桅杆前与甲板上，因为从那里我更能看清群峰中的皓月。我再也不愿意到舱底去了。

至少我是从实验中了解这个的：一个人若能自信地向他梦想的方向行进。努力经营他所向往的生活，他是可以获得通常情形下意想不到的成功的。他将越过一条看不见的界线，他将把一些事物抛在后面。新的、更广大的、更自由的规律开始围绕着他，并且在他的内心里建立起来。或者旧有的规律将扩人，并在更自由的意义里得到有利于他的新解释，他将拿到许可证，生活在事物的更高级秩序中。他自己的生活越简单，宇宙的规律也就越显得简单，寂寞将不成其为寂寞，贫困将不成其为贫困，软弱将不成其为软弱。如果你造了空中楼阁，你的劳苦并不是白费的，楼阁应该造在空中，但是要把基础放到它们的下面去。

发现花未眠

◎　（日本）川端康成

我常常不可思议地思考一些微不足道的问题。昨天来到热海的旅馆，旅馆的人拿来了与壁龛里的花不同的海棠花。我太劳顿，早早就入睡了。凌晨四点醒来，发现海棠花未眠。

发现花未眠，我大吃一惊。葫芦花、夜来香、牵牛花和合欢花，这些花差不多都是昼夜绽放的。花在夜间是不眠的。这是众所周知的事，可我仿佛才明白过来。凌晨四点凝视海棠花，更觉得它美极了。它盛放着，含有一种哀伤的美。

花未眠这众所周知的事，忽然成了我发现花的机缘。自然的美是无限的，人感受到的美却是有限的。正因为人感受美的能力是有限的，所以说人感受到的美是有限的，至少人的一生中感受到的美是有限的，是很有限的。这是我的实际感受，也是我的感叹。人感受美的能力，既不是与时代同步前进，也不是随年龄而增长，凌晨四点的海棠花，应该说也是难能可贵的。如果说，一朵花很美，那么我有时就会不由自主地自语道：要活下去！

画家雷诺阿说：只要有点进步，那就是进一步接近死亡，这是多么凄惨啊。他又说：我相信我还在进步。这是他临终的话。米开朗琪罗临终的话也是：事物好不容易如愿表现出来的时候，也就是死亡。米开朗琪罗享年 89 岁，我喜欢他的用石膏套制的脸型。

毋宁说，感受美的能力发展到一定程度是比较容易的。但光凭头脑想象是困难的。美是邂逅所得。是亲近所得。这是需要反复陶冶的。比如唯一一件古代美术成了美的启迪，成了美的开光，这种情况确实很多。所以说，一朵花也是好的。

凝视着壁龛里摆着的一朵插花，我心里想道：与这同样的花自然开放的时候，我会这样仔细凝视它吗？只摘了一朵花插入花瓶，摆在壁龛里，我才凝神注视它。不仅限于花，就说文学吧，今天的小说家如同今天的歌人一样，一般都不怎么认真观察自然，大概认真观察的机会很少吧。壁龛里插上一朵花，再挂上一幅花的画。画的美，不亚于真花的当然不多。在这种情况下，要是画作拙劣，那么真花就更加显得美。就算画中花很美，可真花的美仍然是很显眼的。然而，我们往往仔细观赏画中花，却不怎么留心欣赏真的花。

赏　画

◎　（法国）德拉克洛瓦

绘画是一种简单的艺术。观众应该直接面对绘画，这不要求观众做任何努力——看看画就够了。读书就不一样。书要去买。一页一页地读。先生，你听见没有？况且，为了理解书的内容，读者往往还要付出很大的努力。

绘画处理的只是一刹那的场面。但是，难道在画中不是包含着既有一刹那，同时又有细节和物体的方面吗？每一位文学家归根到底竭力追求的是什么？他希望他的作品被他人读过之后，产生一幅画能立刻产生的那种作用。

画有时候应该为真实性或者表现力做出牺牲，正好像诗人为了和谐而不得不更多地在这方面做出牲一样。

因此，了解作品是困难的，而要躲开作品几乎也一样困难。韵脚在诗人的书房外面向他求爱，在树林里等待他，成为他的有无限权力的主人。绘画则不同，它是艺术家的可靠的朋友（他偶尔从思想上信赖它），而不是一个掐住他的脖子，使他无法躲开的暴君。

大家知道，不好的将军可能打胜仗，因为在战争中，走运等于才能，甚至有时走运更重要。但是，不好的艺术家却从来创作不出好作品。在战争中，正好像在狂热的赌博中一样，用兵的艺术改正了命运的过失，或者给它以帮助。据说，天才们可能也是偶然的走运。确实，艺术家们会有走运的时候，但是，只有好的艺术家才会成功。

就像外科医生一样，艺术家是用手工作的，但是与前者不同的是，手的灵巧对艺术家来说，不是对他评价的标准。

不能否认，有一些题材和画种，允许一定的宏伟气氛，甚至铺张的手法，例如壁画等。

艺术家看着自己的调色板，就像战士看着自己的武器，马上就得到信心和勇气。

杰出的素描标明着画坛的暂时衰落。

科降——城市自治局——文艺复兴——往前是小巧的极美的柱廊。和以前相比，我们今天的作品是多么差劲！每一个时代都在所有的古代作品中做出贡献，但并不破坏总的和谐。

画技之外

◎ （意大利）达·芬奇

我认为一个画家能使他所画的人物有一副悦人的样子，这个本领不算小。生来没有这本领的人也可以抓住机会勤学苦练，学得这本领，方法如下：经常留心从许多美的面孔上选出最好的部分，判断这些面孔的美，须根据公论而不是单凭你个人的私见，因为你很容易自欺，只选和你自己的面孔有些类似的面孔，这种类似往往使你高兴。如果你丑，你就不会选美的面孔，而会选一些丑的面孔，许多画家往往如此，他们所画的典型人物就像他们自己。所以我劝你选些美的面孔，将它们牢记在心。

画家如果拿旁人的作品做自己的标准或典范，他画出来的画就没有什么价值。如果努力向自然事物学习，他就会得到很好的结果。罗马时代以后画家的情况就是这样，他们不断地互相模仿，他们的艺术迅速地衰颓下去，一代不如一代。

接着佛罗伦萨人乔托起来了。他是在只有山羊和其他野兽居住的寂静山区里生长起来的，他直接从自然转向艺术，开始在岩石上画他所看管的山羊的运动，画乡间可以见到的一切动物的形状，经过辛苦钻研，他不仅超过了当代的画师，并且超过了前几百年所有的画师。乔托之后，艺术又衰颓下去，因为大家全都模仿现成的作品。艺术继续衰颓了几百年，一直到佛罗伦萨人托马索出来用他的完美艺术证明了这个事实：凡是抛开自然，这个一切大画师的最高向导，而到另外的地方去找标准或典范的人们都是在白费心血。凡是只研究权威而不研究自然作品的人在艺术上都只配做自然的孙子，不配做自然的儿子，因为自然是一切可靠权威的最高向导。

那些指责从自然学习，而不指责也是从自然学习的权威的人是极端愚蠢的。

音乐的属性

◎ （英国）伍尔芙

那些若无其事地声称自己（宛如在坦白他们具有某种人类常见的免疫力似的）无法欣赏音乐的人的数量正在增加，尽管对此供认不讳本来是应该和承认自己是色盲一样令人担忧。为此，乐神的使节教授和演出音乐的方式在一定程度上必须承担责任。正如我们所知道的，音乐是危险的，而那些教音乐的人没有勇气把音乐的力量给予音乐，因为他们害怕那将在孩子身上发生的情况——在喝了这样一剂毒药以后，节奏与和声就像干枯的花朵一样，被压缩进干净利落地划分开来的音阶以及钢琴的全音程和半音程里。音乐最安全和最容易的属性——它的曲调——是教给了孩子，但是作为音乐灵魂的节奏却被允许像有翅翼的生物一样逃逸了。于是，那些学过安全的音乐知识的有教养之士就是那些经常“夸耀”自己需要音乐之耳的人。而那些节奏感从未被分离或附属于曲调感的无知无识者，则是挚爱着音乐并且经常创作音乐的人。

也许确实是这样：节奏感在那些心灵还未被精心地训练去追求别的东西的人们那儿要更为强烈些。同样，没有任何文明艺术的野蛮人，在他们能对音乐做出适当的反应前，对于节奏就极其敏感。心灵中的节拍接近于身体脉动的节拍，故而虽然许多人对曲调一窍不通，却几乎没有人是马马虎虎的，以致在话语、音乐以及运动中竟听不到自己心脏跳动的节奏。就是因为这节奏是我们生来俱有的。所以我们永远不可能让音乐沉默下来，恰如我们无法让心脏停止跳动一样。也正是因为这个理由，音乐才具有了全球性，才拥有那种自然的奇异而无限的能力。

尽管有着所有那些我们用以抑制音乐的手段，可是每当我们让自己放纵于音乐时（没有任何美妙的绘画或庄重的文字能具有音乐的影响力），它仍然能够支配我们。满屋文明人在乐队的伴奏下按着节律移动是我们已习惯了的一种奇特景象，但是也许将来有一天，它将显示出存在于节奏的力量中的巨大可能性，而我们的整个生活都将因之发生翻天覆地的变化，恰如人类初次意识到蒸气的力量一样。

均衡的节奏

◎　(古罗马) 奥古斯丁

灵魂具有认识永恒事物的能力，因为灵魂紧紧依附于这些事物，但是同时，灵魂又没有力量这样做。为了找到其原因，我们必须观察最能引起我们注意的事物，必须观察我们最关心的事物，因为这种事物是我们比较喜爱的。我们爱美的事物，的确，也有人毁灭美，他们是腐烂事物的喜爱者。但是，至关重要同时又使人感觉讨厌的东西，也就是最令人反感的东西。美的东西以自身的比例令人愉快。

正如我们所说的，均衡不仅在听到的声音中，在身体的运动中能够找到，而且在可见的许多形式中都能找到。在这些形式中比起在声音中，人们更加习惯于将均衡看作是美。如果没有均衡，即没有几对相同的部分互相对应，也就没有匀称或节奏感。一切单一体必须有一个中心位置，以便在从任何一边到中心的任何一部分之间保持均衡。可见光左右着一切颜色，而颜色当然又是各种物体形式使人感到愉快的根源。在一切光和一切颜色中，我们追求与我们的眼睛和谐的东西。正像我们回避强音，但又不喜欢太低的声音一样，我们同样回避强光，但也不喜欢看光线太暗的东西。节奏不决定于时间间隔的长短，而是决定于实际声音的强弱，这种实际声音的强弱就是节奏中的光。这种声音与沉寂是相对的，正像黑暗与光明是相对的一样。在这一切过程中，我们都是根据我们本性的能力而行动，根据产生的愉快而探索，或者根据产生的厌恶而拒绝，尽管我们感觉到，我们所厌恶的东西常常是其他动物所喜欢的东西。实际上，我们最感到高兴的是均衡的形式，因为我们发现，以与我们通常的思维相去很远的方式，为了互相对称，已经提供了均衡的条件，在嗅觉、味觉和触觉中，同样可以看到这种现象，并易于对它们进行探索。但是，要想详细地解释其中的奥妙则需要很长的时间。一切能感觉到并令人愉快的事物都是由于均衡或相似而使我们产生快感。凡是存在均衡或相似的地方，就存在着节奏，因为任何东西都不会像一与一那样相等或相似。

舞　蹈

(美国) 苏珊·朗格

只有用幽默或夸张的语言交谈时，我们才说："母亲创造了甜饼。"然而，当我们提及一件艺术品的时候，却真心实意地称它是一种"创造物"。由此便自然地引出这样一个哲学问题："创造"这个词的意思是什么？我们究竟创造了什么？如果我们持续对这个问题探究下去，它就会引出一连串与这个问题相关的其他问题，比如，艺术家在艺术作品中创造了什么？他创造这些东西的目的是什么？这些东西又是怎样被创造出来的？等等。要回答这一连串的问题，就必然会涉及到艺术哲学中所有重要的概念，如幻象或想象、表现、情感、动机、转化等等。当然，还有其他一些概念，但是，它们都是互相联系着的。

在一次讲演中，不可能涉及所有艺术门类，否则就容易混淆某些重要的原理和含义。既然我们眼前关心的是舞蹈，那就让我们缩小讨论的范围，集中来谈谈舞蹈艺术。我所要提出的第一个问题是：舞蹈家创造了什么？

很显然，舞蹈家创造的是舞蹈。如上所述，舞蹈家并没有创造出构成舞蹈的物质材料——既没有创造出舞蹈演员本人的身体，也没有创造出演员身上所穿的服装、舞台地板、周围空间、灯光照明、乐曲、重力和其他设备。演员只是利用了这一切东西，创造出与这些物质不同且高于这些物质的东西——舞蹈。

那么，什么是舞蹈呢？

舞蹈是一种形象，也可以将它称为一种幻象。它来自于演员的表演，但又并非等同于这表演。事实上，当你欣赏舞蹈的时候，你并不是在观看眼前的物质物——向四处奔跑的人、扭动的身体等，你看到的是几种相互作用着的力。正是凭借这些力，舞蹈才显出上举、前进、退缩或减弱。不管是在单人舞中，还是在集体舞中；不管是在托钵僧舞那激烈的旋转动作中，还是在那些缓慢、有力而又单一的动作中，仅仅靠人的身体，就可以将那种神秘力量的全部变幻展现在你的眼前。然而这些“能”或者说看上去似乎在舞蹈中起作用的“力”，并不是由演员的肌肉活动所产生的那些引起实际动作的物理力。我们眼睛看到的这种力（因而也是最可信的力）是为知觉而创造的，因而也是专门为知觉而存在的。

创造性天才

◎ （英国）艾迪生

在伟大的天才人物之中，只有少数人赢得了全世界的赞赏，并以人类奇才之称崭露头角，他们创作出令时人喜爱，令后人惊叹的作品，靠的只是天赋才情，而并非求助于技巧或学识。在这些伟大的天才人物身上，似乎有些宏伟的狂放和铺张，这些东西的美是法国人称之为文人才子的所有品格和修饰的美所远远不能比拟的，他们靠这些东西表现出一种天才，而这种天才是在交际、思考和阅读最高雅的作品的过程中培育成的。那些涉猎过高尚艺术和科学的伟大天才，从中捕捉到一些气息，就不可避免地陷入模仿。

在古人中，在远东地区的人中，可以发现许多伟大的天才人物，他们从来不受艺术规则的束缚和限制。在荷马的作品中，想象的奔放是维吉尔力所不及的，而在《旧约全书》中我们看到，有些章节又比荷马作品中的任何章节都更为庄严和崇高。在认为古代人是更伟大和更富于魅力的天才的同时，我们必须承认，他们中间最伟大的人物可以说远远不能超过现代人的精细与恰切。在他们的明喻和暗喻中，假如存在着某种相似性，他们也就不会为比喻的合宜而过分自寻烦恼。例如，所罗门把他爱人的鼻子比做面朝大马士革的黎巴嫩塔楼。就像夜间盗贼进宅在《新约全书》中也有类似的比喻，诸如此类的例子举不胜举。荷马用麦田中一头被全村孩子痛打而无法移动一步的驴子，来比喻他的一位被敌人包围的英雄。而把另一位在床上翻来滚去并且怒不可遏的英雄，比做一块在煤火上烘烤的鲜肉。古人描写中这种个别的过失，为那些庸才俗子的讥讽嘲笑敞开了广阔的言路。他们可以嘲笑伟大作品中的某种不合礼仪，但却不能体味这种描写的崇高美。当代的波斯皇帝遵奉东方人的这种思维方式，在许许多多自命不凡的头衔之中，选取了光辉的太阳和快乐的树种。简而言之，摒弃对古人的吹毛求疵，特别是热带的那些古人，他们的想象最热烈也最生动，我们要考虑到，在暗喻中遵守法国人称之为合理的那些规则，近几年来在世界的寒带地区也出现了。这里我们要用写作中一丝不苟的精雕细刻，来弥补我们力量和气魄的不足。我们的同胞莎士比亚就是这种第一流伟大天才的卓越典范。

幻想的伟大

◎ （匈牙利）李斯特

我们宁愿容忍由幻想产生的缺点，而不能容忍平庸所必然附带的缺点。在这种情况下，我觉得精神丰富的缺陷永远比精神贫乏的缺陷能够被人接受。在我看来（如果允许完全开诚布公地说），聪明人的愚蠢要比蠢材的聪明可贵。但是必须指出：德·史达埃夫人把圣·特列斯那称幻想为“家里的疯子”的名言传播出来，而使这些话添加了一些不同的含量。要知道，用在理想上的说得很中肯的话，搬到现实世界来就会大大丧失它的精确性。

虽然在日常生活中幻想的确常常起了上述作用，虽然它有迷醉人和使人丧失现实感的危险，但从另外一方面来看，这位女神的温存用了何等样的善行来赔偿我们啊！难道她没有用霓虹的光彩使我们命运中的单调时光、学校中的枯燥艰深无趣的篇章活跃起来？难道她没有抚慰和消解我们的沉痛和愤怒，帮助我们了解普通的迷误怎样变成败行？难道她没有用虚构的欢乐、想象的花朵、神话中的宝石来点缀我们艺术家的生活和我们艺术的风格？难道她没有让我们乘上她的飞车腾空离开我们蛰居的陋室？难道她没有从苍穹的高处指给我们满面皱纹的地球？难道她没有引导我们深入地府使我们能够同古代的英雄们高谈阔论？难道她没有在未来的门外指出我们后裔的朦胧的形象，使我们能够更清楚地看出在心灵的链条中我们所占的地位，感觉出我们是继往开来的许多环节中的一个？

难道幻想没有给那些被认为最不受她迷惑和引诱、对她的魅力领略得最少的哲人编制出不朽的荣誉的花冠？亚历山大·封·洪波尔特不拒绝承认她：他曾经说，如果没有幻想，科学也会停滞得变成一泓死水。幻想让假设引诱思想家的眼光，假设是许诺思想家以假的宝藏以便使他拥有真理的财富的鸟身女怪，是瞬间的闪光就足以照亮目标的流量，而在通向这目标的道路上撒满了前所未见的灿烂夺目的珍珠！当这些调皮的妖魔向人指引的时候，人在他寻找果实的地方意外地找到了源泉，难道在这种情况下，他的发现还不够珍贵吗？难道企图把光变成纯金的炼金术没有为我们准备了化学吗？

没有幻想就没有艺术，也没有科学，因而也就没有评论！

鉴　赏

(美国) 罗素·莱因斯

有许多人到博物馆、音乐会、歌剧院和严肃的剧场去，只不过因为觉得应该去，或者不能不去，而不是因为不去就心里难受。毫无疑问，只要他们去了，尽管未必自愿，也一定会受到某些感染。不过，冒充风雅的人受到的感染却不多。不幸的是，有许多人摆出对艺术感兴趣的样子，却正是为了冒充风雅。他们并不是为了满足任何基本的精神需要而去，他们是在赶时髦随大流。我估计冒充风雅的人的百分比目前大体是个常数，而上个世纪却要多些，但是现在也有一大批人，或者叫琼斯，或者叫史密斯，或者叫约翰逊，艺术的确给他们某种满足。而模仿他们的行为，重复他们的意见的人，却并不懂得他们。这些人不是在和地地道道的文化谈恋爱，只不过是对某一门艺术怀有温暖诚挚的友情而已。

我在能从绘画、音乐或读书中获得真正满足的人里，还没见到过对它们一见倾心的人。但也没见过爱好艺术却害怕艺术的人——怕知识不足、怕上当、怕误解、怕厌烦，比怕朋友还要厉害。我们是在与艺术朝夕相处中逐渐懂得艺术的，艺术所给予人的欢乐正如友谊一样随着时间的延长而延长。我们往往愿意在朋友中选择自己最乐意跟他一起消磨时光的人，同样我们也选择自己最喜爱的艺术。笼统地说“我喜欢艺术”跟说“我喜欢我所遇见的每个人”一样是滑稽可笑的。第一次看见自己不喜欢的艺术就下论断，跟在一个拥挤的屋子里望见一个陌生人就下论断一样滑稽可笑。

请让我把这个比喻进一步延伸，让我们先来回答这个问题：人是怎样和艺术成为朋友的？我刚才说过，是艺术想要使我们欢乐，而不是我们想要使艺术欢乐。但是我们如果不像19世纪的妇女一样对它做出姿态，艺术就无法使我们欢乐。没有一个朋友能一见面就向你袒露出他的灵魂，艺术更不会如此。它不但要求你对它专心致志，而且要求你自觉自愿地坐下来细看细听——此外，它还要求你懂得它的语言。

绘画的语言对你也许跟非洲的某种方言一样陌生，虽然你可能被它的表面形象所吸引——正如人们常常被语言陌生的人所吸引一样。但是，在你学会它的语汇之前，你是不会懂得它要告诉你的东西的。要想学语言，没有比不断和语言接触更好的办法。艺术的语言也是如此。想享有艺术的友谊未必需要流利地使用它的语言，但是你使用这种语言越流利，你所得到的欢乐也就越多。

让艺术杰作诞生

◘ （法国）安格尔

要拜倒在美的画前研究美！

卓越的艺术成就只有用眼泪才能取得。谁不备受折磨，谁就不会有信心。

要十分虔诚地对待你的艺术。不要相信没有思想的飞跃就能创造出什么好的或比较好的作品来。要想学会创造美的本领，你应该只看一些最壮美的东西，你不必去左顾右盼，更不要往下看，要昂起头来朝前走，不要像猪那样专朝脏的地方拱嘴。

艺术的生命就是深刻的思维和崇高的激情。必须赋予艺术以性格，以狂热！炽热不会毁灭艺术，毁灭它的是冷酷。

要像熟悉手中的武器那样熟悉你所掌握的一切！只有像作战那样才能取得某些成就。艺术上的斗争必定会消耗我们的精力。

去画吧，写吧，尤其是临摹吧！像对待一般静物那样。所有你从造化中临摹下来的东西，已经是创作了，而这样的临摹才有助于引入艺术。

艺术杰作的存在不是为了炫人耳目，它的使命是诱导和坚定人们所建立的信念，这种作用是无孔不入的。

拙劣的艺术会将一切扼杀掉，因为客观自然中并不是这样的。

普珊经常说：一位美术家在观察对象的时候，应该是一个干练的老手，而不是在复制对象时弄得自己精疲力竭。不言而喻，美术家应该具有敏锐的目光。

要去伪存真，就得靠理智来支配，而理智又未免会在选择上表现出偏执，为了避免这种偏执，只有和美不断地交流。唉！那种既对穆里洛，也对拉斐尔同等狂热的态度是令人诧异而又惊讶的。

至于谈到真实性，我则偏爱稍微夸张一些，尽管这是有点冒险的。不过我知道，真实性有时候并不很真实，两者之间的界限往往是间不容发的。

在造型艺术中描绘人的形象时，娴静是人体的一种主要美，这正像现实生活中的智慧那样，是内心的最高表现。

我们将尽量使作品具有美好的真实感，以令观者喜爱，要知道，捕捉苍蝇不是靠醋，而是靠蜜与糖。

美

◎ （法国）伏尔泰

如果问一只雄癞蛤蟆美是什么，绝对的美是什么？它就会回答说是它的雌癞蛤蟆，因为她的小小的头上有两只凸出的又圆又大的眼睛，有一只又大又平的鼻子，并有黄色的肚皮和褐色的后背。如果问一个来自几内亚的黑人美是什么？他就会说，美是黑得油亮的皮肤，深陷的眼睛和一个扁平的鼻子。

如果问魔鬼，他会告诉你美就是一对角，四只爪子和一条尾巴。最后，如果去向哲学家们请教，他们的回答将是夸大了的胡言乱语，他们认为美就是某物符合美的原型并在本质上与其是一致的。

我曾经和一个哲学家一起去看一出悲剧。“多么美好！”他说道。“你在它里面发现了什么美好的东西？”我问他。“是因为作者已经达到了他的目的。”他说。第二天他吃了一些对他身体有好处的药。“它达到了它的目的。”我对他说：“多么美好的药！”他意识到不能说药是美好的，并意识到在把美这个词运用到任何事物以前，它一定会在人身上引起尊敬和愉悦的感情。他同意说那悲剧在他身上引起了这两种感情，并说这就是美。

我们一起去了英国，同样一出戏也在那里上演，翻译得一字不差。可它使所有的观众都打起了哈欠。“呵，呵！”他说，“美的理念对英国人来说和对法国人来说不一样。”良久思考以后，他得出结论：美是很相对的，就如同在日本是正派的事到了罗马就不正派，在巴黎时髦的东西到了北京就未必是，于是他使自己省却了写一篇有关美的长篇论文的麻烦。

三点要求

(意大利)托马斯·阿奎那

对美有三点要求。首先，完整或完美，因为凡是残缺不全的东西都是丑的；其次，应该具有适当的比例或者和谐；第三，鲜明，所以，鲜艳的东西被公认为是美的。……即使是丑陋的事物，只要被完整地描绘了出来，这个形象也是美的。

美与善是同一的，但它们在概念上仍有所区别。由于善是所有人希望的东西，所以，它的特点是欲念在其中得到了满足。而美的特点是在观看或者认识它时欲念也同样地得到满足。正因为如此，与美联系最密切的是那些最有认识作用的感官——为理性服务的视觉与听觉。我们把可见的对象和优美的声音称为美的，而别的感官可以感觉的对象，我们并不采用“美”这个词，因为我们不说美的口感或者美的气味。由此可见，很明显，美给善增添某种与认识能力的相关性，因而应该将单纯满足欲念的东西称为“善”，而把单靠实体感知本身就能带来快感的东西称为“美”。

美在本质上是与欲念无关的，除非美同时兼有善的本质。就同时具有善的本质来说，真也是与欲念相关的。但按其本质来说，美具有鲜明性。

善是否与终极原因的概念联系在一起？可以断定，善不与终极原因的概念联系在一起，而更多地与其他原因概念联系在一起。正如狄奥尼修斯所说，人们把善当作某种美的东西来称赞。因此，善与形式因联系在一起。对这一点应该说，善与美在实体上是同一的，因为二者都以形式为基础，因此，善被人们当作某种美的东西来称赞。但是，在概念上二者毕竟是不同的，善本身是与俗念相联系的，因为善是人人希望得到的东西，它与目的概念联系在一起。所谓欲念也是一种迫向某个目的的冲动。美却只涉及认识能力，因为凡是一眼见到就使人愉悦的东西才能被叫做是美的。这就是美存在于适当比例中的原因。感官之所以喜爱比例适当的事物，是由于这种事物在比例适当这一点上类似感官本身。感官也是一种比例，正如任何一种认识能力一样。认识必须通过吸收的途径产生，而吸收进来的是形式。

审美训练

(英国)休 谟

任何对象初次出现在眼前或想象过程中，引起的感受总不免是模糊的、混乱的。因此，在很大程度上，我们无法对它们的美或丑做出判断。我们的趣味感觉不到对象的各种优点，更不要说辨别每种优点的特性、确定它的质量和程度了。假使能下一个大致的评语：是美还是丑，这已经是至矣尽矣，而就连这样一个判断，一个人如果缺乏训练，做起来也会是踌躇的，有保留的。但在他关于这种对象获得一定经验之后，他的感觉就会更精细更深入了。他将会不止看到每一部分的美和丑，而且能分别不同类型，并给以适如其份的褒贬。在整个观察过程中，他的感受是明晰肯定的。对每一部分应该唤起的快感或反感究竟到了何种程度，属于何种类型，他都能看得一清二楚。仿佛遮掩着对象的迷雾消散了，器官由于经常运用也就日趋完

美，以至最后可以判断一切作品的优点，不必害怕会犯错误。一句话，完成任何作品和判断任何作品所需的巧妙和敏捷，都只有通过训练才能获得。

由于训练对审美感极端有利，我们在评论任何重要作品之前应该永不例外地将它一读再读，全神贯注地从不同角度对它进行观察。初读任何作品，心情上总不免有些忙乱，从而使自己对美的真实感受到干扰。我们会看不到各部分之间的联系，分辨不清风格变化的真正性质，不同的优缺点仿佛糅杂在一起，模糊地呈现在我们的想象力当中。还不用说另有一种肤浅涂饰的美，初看固然叫人喜欢，经过考虑后就发现它和理性或激情的正常表达方式完全不相容，因此使我们口味厌腻——这时我们就会鄙弃地将它丢开，或至少大大降低对它的估价。

只要我们坚持审美方面的训练，就会常常在不同类型和程度的完善中间进行比较，并估计其分量上的差异。一个人如果没有机会比较不同类型的美，他就根本没有资格对任何对象下断语。只有通过比较，我们才能确定褒贬的言词，才能知道怎样褒贬得恰如其分。信笔乱涂的画也会有些鲜艳色彩和大致类似之处，在有限的意义下讲来，也可以算作美，让种地的或印第安人看见了说不定会拍手叫绝；最下流的小调里也会有和谐自然的片断，只有熟悉更高级的美的人才能肯定地指出它的调子刺耳，词句庸俗。一个习惯于美的最高形式的人看到极端低级的美一定会感到痛苦。也正是由于这个原因，我们才称之为丑。

愉　悦

◘　（德国）威廉·狄尔泰

如果我想通过一位伟大的创造性人物的眼睛，也可以说是通过其灵魂洞察现实世界，那我就会领略到伟大的景观、崇高的生命或道德行为。我的力量就会以更加强烈的方式增长，我的一切感官、内心以及精神力量都被唤醒、刺激、升华，同时对它们的需求不会超出我的能力，因为我只是处于一种模仿状态，当我观看席勒的一出跃动着强大意志的戏剧时，我必须将自己提高到一种类似的水准。同时，审美愉悦的各个组成部分进入艺术品的接收过程。博克、休谟以及费希纳都在其美感分析中解析过这些组成部分，它们在所谓概括性接收过程中融为一体。它们不仅通过增添新的愉悦成分来促进这种快乐，而且更多的是均匀地、彻底地满足内心世界的一切成分，使内心得到一笔来源丰富且无可穷尽的财富，这如同由无数小溪汇集成的山洪。

因此，艺术品的意义并不在于它提供了大量的快感，而在于它使我们在欣赏中得到彻底的满足，因此艺术品激发了我们的情感并使我们内心燃起的每种追求都得到满足，这毋宁说是既愉悦了感官又丰富了内心。一部艺术品如果能在不同时代、不同民族的人那里引起持久的、彻底的满足，就算是第一流的。衡量艺术品的艺术性和价值只是取决于这种作用，而不是作品必须实现的“美”的抽象概念。美学和艺术批评把这个僵死的“美”的概念推上艺术理论的宝座已经太久了。同样，将艺术品产生的快感进行孤立的考察也无法让人理解作品的意义。只有从艺术家天然强健的伟大心灵的影响出发，从充分把握了其意蕴的现实对由各色人组成的、能被伟大事物吸引的公众的影响出发，艺术对于人类的伟大而神圣的意义才可能被理解。人们才会懂得伟大的艺术品为何可以提高认识能力，丰富内心，使内心得到宣泄和净化。